일러두기

자연스러움을 살리기 위해
대화 표기 방식은 입말과
작가의 표기 방식을 최대한
살리는 방향으로 편집했습니다.

dear
my Ruda

햇살보다
더 눈부시게

웃어줘

"지금도 우리는
매일 그렇게
처음 겪는 사랑의 방식을
경험해가는 중이다."

글 김민정
사진 진정부부 - 김민정×이경진

소미미디어

사랑하는 내 딸 루다와
나의 영원한 동지인 남편에게

세상에 절대적인 건 없지만 일반적으로 '평범한' 여자의 삶이라고 하면 흔히 떠올리는 것은 적당히 학창 시절을 즐기다 졸업한 후 회사 다니다가 결혼하여 아이 낳고 사는 것.

그 과정에서 참으로 많은 호칭들이 거쳐간다. '학생'부터 시작해서 회사 내 호칭, 결혼 준비할 땐 '신부님', 아이를 가지는 순간부터 '산모님', 아이가 태어나면 '○○ 엄마'….
나 또한 이 호칭에서 멈춘 채로 내 여생을 보낼 거라 생각했다.
그러나 내 인생에선 전혀 없을 것 같았던, 아니 상상조차 하지 않았던 새로운 호칭들로 불리기 시작했다.

'유튜버', '인플루언서', '대표님' 그리고 '작가님'.

내가 작가라니…? 이 무슨 말도 안 되는 뚱딴지 같은 소리지?
아직도 가끔은 내가 꿈을 꾸고 있는 아닌가 생각한다. 내 책이 서점에 있는걸 보고도 믿기지 않을 것도 같다. 사실 어떻게 보면 내가 꾸던 꿈이 현실화된 것 같기도 한 요즘이다. 어릴 적엔 누구나 다양한 꿈을 꾸지 않는가.

자라면서 한 번쯤 들어봤을 질문.
'너는 장래희망이 뭐니?'

매일, 매달, 매해, 나의 대답은 바뀌곤 했다. 선생님, 탤런트, 가수, 작가, 대통령, 통역사, 슈퍼마켓 사장, 문방구 딸(?) 등 그 시절 시시각각 트렌드에 맞춰 나의 장래희망도 바뀌곤 했다. 시간이 30년 가량 흐른 지금, 연예인은 되지 못했지만 대신 새로운 직업으로 각광받는 많은 구독자를 보유한 유튜버가 되었고 때로는 루다의 선생님으로, 해외여행 가서는 루다의 통역사로, 집안의 대통령으로(?), 인스타그램에서는 슈퍼마켓과 문방구를 합친 것 같이 다양한 물건을 판매하는 자칭 만물상 인플루언서 및 대표가 되었다. (내 입으로 말하기 참 간지럽고 부끄럽지만 그렇게 불리고 있으니 어쩌겠는가.)

그리고 글 쓰는 걸 좋아해 일기도 다이어리도 빼곡히 채우던 나는 출산 후 꾸준한 육아 기록으로 이제는 마침내 작가라는 꿈을 이루었다. 육아 기록이라고 하니 굉장히 거창할 것 같지만 그날 그날의 재미있는 사진이나 영상과 함께 내 기분, 혹은 아이의 재미있는 행동이나 감정들을 솔직하게 적은 것뿐이다.

내가 왜 나의 어릴 적 꿈 이야기를 하는지, 왜 현재 듣고 있는 호칭 이야기를 하는지 궁금한 분들이 있을 거다. 이 책을 읽는

　　　　　　　　　　　　　　　작가의 말

분들 중에서는 아이가 있는 부모님들도 있을 거고, 아이를 맞이할 준비를 하는 예비 부모님들도 있을 것이고, 아니면 단순히 우리 유튜브 채널의 팬이라서 읽는 분도 있을 것이다. 그 외의 독자까지 포함하여 이 책을 읽는 여러분 모두에게 꿈은 어릴 적에만 꾸는 것이 아니라고, 어릴 때든 성인이 되어서든 마음껏 꾸라고 전달하고 싶다.

좀처럼 임신이 되지 않아 인공수정과 시험관 과정을 수없이 거쳤던 내가 그토록 꿈꾸던 소중한 딸을 낳았고, 딸을 키우며 육아 일상을 찍어올리면서 두 채널을 합하면 전 세계에 100만이 넘는 구독자를 보유한 육아 유튜버가 되었고, 누군가는 시간 낭비라고 외치는 SNS에 매일 육아 일기를 써오며 마침내 작가가 되었다. 나처럼 누구나 평범하게 자신의 일상을 '꾸준히' 살다 보면 언젠가는 기회가 온다고, 그러니 마음껏 꿈꾸라고 말하고 싶다.

내가 운이 좋아서 모든 것이 맞아떨어졌다고 생각하는 사람들도 있을 테지만 기회는 누구에게나 온다. 그 기회를 잡느냐, 내 것이 아니라며 쉽게 포기하느냐에 따라 인생은 여러 갈래로 갈라진다는 것을 우리는 잘 알고 있으니 더 길게 말하지 않아도 될 것 같다.

마지막으로 이 책을 읽는 독자 여러분께.

결과물이 눈에 보이지 않는다고, 속도가 느리다고 포기하지 마세요. 대신 꾸준함은 잃지 마세요. 제가 놓치지 않았던 단 한 가지, 그건 바로 꾸준함이었습니다. 그리고 분명 그것은 나에게 무언가를 쥐여줄 힘을 가지고 있습니다.

그것이 자신감이든, 기회든, 멋진 몸이든, 돈이든 그 어떤 것이든지 말이죠.

2023년 가을

김민정

작가의 말

—————— *contents* ——————

루다네 가족
by Ruda

Part 1.

가족을
이루다

어느 날,

열무가 찾아왔다

작년 10월, 첫 아이 '꿀떵이'를 10주 차에 보내고
몸도 마음도 힘든 시간을 보냈다.
그렇게 시간이 흐르고 흘러 6월 9일이 되던 날.
두 번째 아이의 존재를 처음 확인했다.

하지만 마냥 기뻐할 수는 없었다.
또 보내는 일을 겪을까 두려웠다.

산송장처럼, 침대에 붙어서 살다시피하며 12주를 보냈고
불안한 마음에 매주 병원을 찾았다.

1차 기형아 검사도 무사히 통과하며
귀여운 모습으로 엄마 아빠를 설레게 만들던 아이.

열무야, 우리가 지은 너의 태명은 '열무'란다.
어디 가지 말고 건강하게 열 달 동안 무사히 있다가 나오렴.

성별은 아무래도 상관없지만 엄마 아빠가 조금 더 원했던
예쁜 딸이네.
내년 2월에 만나자.

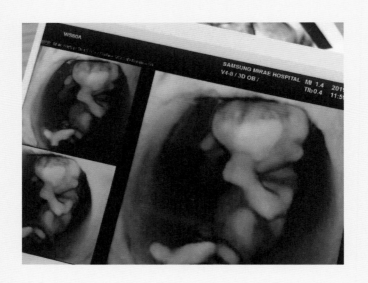

2주 전, 병원에 가서 초음파 동영상을 찍었다.

열무가 입을 쩍 벌려 하품하는 모습이 어찌나

사랑스럽던지!

하마터면 소리지를 뻔했다.

그런데 열무야, 너 머리가 좀 크대.

괜찮아, 괜찮아. 엄마 아빠 닮아서 그래….

열무를 만날 날이 벌써 100일 앞으로 다가왔다.

나중에 열무에게 만삭 사진을 보여주며

"열무야, 이렇게 불룩한 엄마 배 안에

 들어 있던 게 바로 너야."라고 말해주면

아이는 어떤 반응을 보일까?

01.17.

fri.

열무의 몸무게가 2.5킬로그램을 넘었다.

초음파상으로 통통해진 볼살이 눈에 보인다.

5분 동안 하품만 세 번 하던 열무.

하품하고 입술을 옴욤욤욤 하며

오물오물거리는 게 너무 귀여워서

백 번도 더 쳐다보았다.

이제 세 번 정도 더 병원에 가면 드디어

열무를 만날 수 있다.

시간 참 빠르다, 그치?

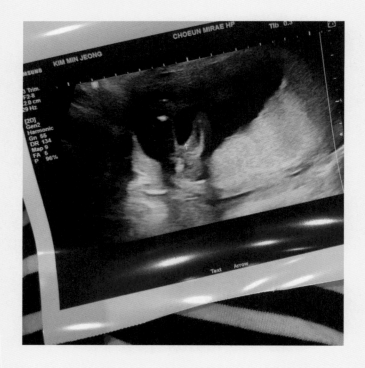

01.29.

wed.

오늘은 출산 전 마지막 태동 검사.

2월 7일 제왕절개를 잡아놓았는데

그 전에 열무가 나올 수도 있다고 한다.

열무도 얼른 엄마 아빠를 보고 싶은 걸까?

37주라 정상 분만이기는 하지만

딱 9일 동안만,

조금만 더 쉬면 좋겠다는 생각도 든다.

속 깊은 우리 열무가 엄마 생각을 읽었나 보다.
그래 열무야, 이렇게 금요일까지 잘 버텨보자.

너도, 나도, 지금이 제일 좋은 시기일 거야.
네가 세상 밖으로 나오면
맘마 달라고, 기저귀 갈아달라고 목이 쉬도록
울게 될 테니까.

아직 네가 엄마한테 의사 표현을 하는 방법은
우는 일밖엔 없을 거거든.

그러니 지금 고요한 뱃속이 제일 편하지 않겠니?
그나저나 우리 열무는 나를 닮았을까, 아니면
남편을 닮았을까나?

2020

02.07.

fri.

2020년 2월 7일.

네가 태어난 날.

그리고 나도 '엄마'로 다시 태어난 날.

정말 반가워, 열무야!

태어난 지 이틀밖에 되지 않은 우리 열무,

벌써 부기가 빠지면서 얼굴이 갸름해졌다!

가족들이 하나씩 우리 열무를 보러오기 시작한다.

조그맣디 조그마한 아기의 작은 몸짓 하나,

표정 하나에 가족들 모두가 반응하고,

행복해한다.

그렇게 엄마인 나도 점점 더 행복해져간다.

출산 3일차.

오늘은 첫 수유날.

수유.

열무를 제대로 안고 처음으로 살을 부딪는

날이란 생각에 마음이 떨렸다.

"눈 떠보자, 우리 열무. 아구 졸려.

주변이 시끄러워."

드디어 수유를 위해 열무를 처음으로 품에

안았다. 와… 어쩜 이렇게 작을까?

어쩜 이렇게 조그맣고 부드럽지?

수유는 처음이니 아이에게 젖을 어떻게 물려야

되는지도 잘 모르겠고, 열무 또한 젖을 빠는

방법을 당연히 모르니 그저 물기만 하고,

무엇보다 내가 어떻게 해야할 지도 모르겠고.

그저 땀만 비오듯 뻘뻘 흘렸다.

사람들이 조리원에 가야지 그때 좀 먹기

시작한다고 위로의 말을 건넸다.

그러다 열무가 두세 번 정도 젖을 쪽쪽 빨았다.

세게 빤 것도 아니었는데,
그 이후부터 가슴에 젖이 돌고 점점 차오르기 시작했다.
이것이 인체의 신비인가!

서툴렀던 첫 수유 때문에
지금쯤 분명 배고플 텐데,
꿈나라에 가 있느라 엄마 젖을 물지도 않고 쌔근쌔근 자는 너.

안는 것도, 수유하는 것도.
그 모든 것이 처음인,
아직 서툰 엄마를 용서해주렴.

하루하루 볼 때마다 바뀌는 얼굴이 참 신기하다.
오늘은 출산 4일차.

후다닥 수유하러 내려갔는데 그 사이에 잘 먹고
말똥말똥 눈을 뜨고 있는 열무.
그래, 이게 다 연습이다 생각하며 마음을 비우고
수유를 하는데. 하루 새 어찌나 엄마 젖을 잘
먹는지!

내가 상상했던, 아이가 엄마 모유를 먹는 모습.
딱 그 모습이었다. 기분이 날아갈 것 같다.
분명 딸인데 아들 같이 보이기도 하고.

아빠가 너 '두꺼비 아저씨' 헤어스타일이라며
짓궂게 놀린다 열무야.
정작 아저씨는 아빠인데 말이지. 하하.

열무를 낳고도 할 일이 많다.
아이가 먹을 모유를 미리 유축해두어야
배고플 때 바로 먹일 수 있기 때문이다.

젖몸살이 심해 누웠을 때
몸을 제대로 움직일 수가 없다.
사람들 말하는 대로 가슴이 돌덩이가 된
기분이다.

아직은 태평하게 잠만 자는 너.
요즘 배냇짓을 시작한 너.
그런데 우리 열무 오른쪽 쌍꺼풀이 어디 갔지?

02.14.

mon.

조리원에서 열무랑 첫 셀카를 찍었다.

처음 속싸개를 풀어보는데

너무나 조그맣고 가녀린 열무 다리가 뿅!

혹시 피부가 건조해질까 크림을 발라줬다.

아직은 작고, 보드랍고, 연약한 열무.

크림 하나 바를 때도 조심조심,

무엇 하나 조심스럽지 않은 게 없다.

그나저나 열무야,

열무는 2.9킬로그램으로 태어났다고 하는데

엄마는 3.1킬로그램이 빠졌어. 왜 이것밖에 안

빠진걸까? 흑흑.

열무가 배가 많이 고팠던지

방귀까지 뀌어가면서 먹는다. 푸하하.

이제 유축을 해야 한다.

702호 김민정.

젖병에 호수와 모유 양을 써서 올려놓으면

알아서 가져가주신다.

원래 아침을 안 먹는데

이곳에 오니 모유를 먹여야 해서 챙겨먹게 된다.

아침을 먹고나니 마사지 시간.

마사지를 받으면 붓기와 통증이 한결 가라앉아

몸이 개운하다. 젖몸살 때문에 가슴 마사지도

받았는데, 이렇게 하면 확실히 가슴도 덜 아프고

모유 양도 많아진다.

점심을 먹고 드디어 '모자동실' 시간이 왔다.

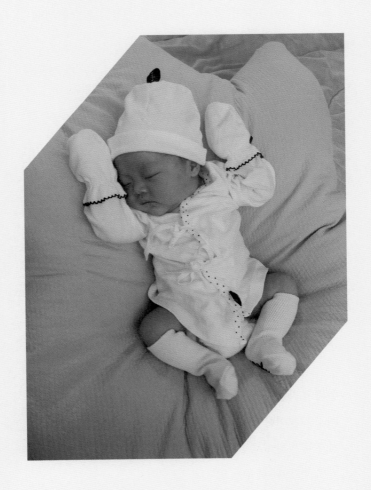

열무와 함께 있을 수 있는 시간.
뽀로로 영어 동요를 틀어놓고, 친구가 선물해준 '초점책'을
아이한테 보여주며 맘마를 먹인다.

오늘은 열무가 응가를 했다.
첫 기저귀 갈기 미션을 수행할 때가 왔다.
"와~ 장난 아니다. 으아! 어마어마하다 열무야!"

열무 응가양이 얼마나 어마무시하던지 좀 놀랐다.
열무는 기저귀 가는 중에도 계속 변을 눈다.
어? 더 나오네? 계속 나오네. 야무지게 마무리로 쉬까지 했네.
아이고.ㅎㅎㅎ 어쨌든 첫 기저귀 갈기 미션 완료!

조리원은 시간별로 프로그램이 정해져 있다.
그래서 하루하루 생활하는 게 비슷하다.

벌써 조리원 퇴소 전날이기 때문에 퇴소 교육을 받았다.
퇴소 교육이란 우리 열무가 그동안 얼마나 성장을 했는지,
하루에 똥과 오줌은 몇 번 싸는지,
한번 먹을 때 분유를 얼마나 먹는지
자세히 설명을 해주시는 시간이다.
조리원 퇴소 전에 열무에게 붙어 있던

탯줄이 떨어졌다!

엄마들은 알겠지만 이건 진짜 너무너무 반가운 일이다.

집 갈 때까지 안 떨어지면 목욕할 때도, 기저귀를 갈 때도

조심스럽기 때문에 떨어진 탯줄을 받는 순간

너무 기쁜 나머지 짝짝짝 박수를 쳤다.ㅋㅋㅋ

저녁에는 조리원에서의 마지막 수유를 하러 이동!

이제부터는 집에서 열무와 남편, 그리고 나.

이렇게 세 가족이 함께 하루하루를 만들어나가야 한다.

열무에게 이름이 생긴 날.

오늘부터 너의 이름은 '이루다'란다.
뜻한 대로 되게 하다.
뜻하는 바 모두 이루며 살라고 지은 이름이야.

루다야, 엄마 아빠한테 와줘서 고마워.
그리고 반가워.

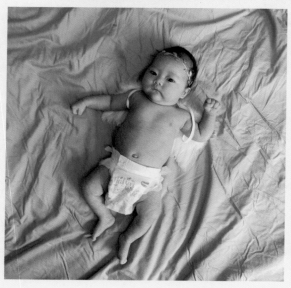

02.23.

sun.

2015년 봄에 남편과 결혼하고,
루다를 만나기까지 5년이라는 시간이 걸렸다.
루다를 낳은 뒤 5박 6일 동안은 병원에
입원해 있었고,
조리원에서는 2주간의 시간을 보냈다.
내일 모레, 화요일이면 드디어 집으로 돌아간다.

루다야. 너의 존재는 미치게 사랑스럽지만
너를 낳은 이후 엄마의 일상은 아주 서서히,
또 많이 달라질 거야.
아직은 낯설지만 그래도 괜찮아.
이제 엄마와 아빠 그리고 루다까지,
우리 세 가족이 있으니까.

039

Part 1

조리원 퇴소날.

그동안 코로나 바이러스 때문에 남편은 2주 동안

동영상으로만 루다를 볼 수 있었다.

추운 날씨 탓에 꽁꽁 싸맨 열무, 그리고 내가

등장하자 남편의 얼굴이 환해진다.

"빨리 와서 안아봐."

루다를 남편에게 넘겨주니 찬바람이 들어갈까봐

싸개로 꼼꼼히 감싸둔 천을 계속 들춘다.

얼마나 보고 싶었을까.ㅎㅎ

남편이 '계속 들고 있으니 몸이 긴장되어서

힘들다'고 한다.

거봐. 그래서 몸이 아프다니까.

봐도봐도 신기한지 남편은 루다 얼굴이

자기 주먹보다 작다며 한껏 신이 났다.

집에 도착하니 루다의 할머니와 할아버지가

기다리고 계신다.

"손녀한테 한마디 하고 가세요."

남편이 말한다.

루다의 할머니는 품에 루다를 포옥 안은 채

아이에게 덕담을 해주셨다.

"젖 잘 먹고 무럭무럭 잘 커요. 건강하게 아프지 말고.
다음에는 할머니가 동화책도 읽어주고 그럴 거야."
무뚝뚝한 아빠는 별다른 말은 없으시지만 루다를
사랑스러운 눈빛으로 쳐다보신다.
후아. 이제 집에 왔으니 '진짜 육아'가 시작되겠구나.

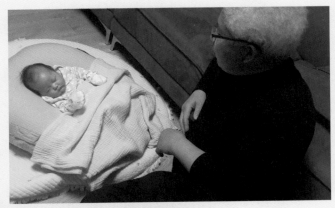

루다 첫 뒤집기 성공한 날.
저녁 5시 반부터 루다가 몸을 열심히 뒤집기
시작했다.

"발로, 그렇지. 발로 움직여봐 자꾸!
하하, 침대 밖으로 발이 나왔네. 뒤집을 거야?
어? 엄마는 아무것도 안 했는데 루다 혼자
뒤집으려고 하는 거야? 떨어지겠다 우리 루다.
엄마가 지금 받치고 있어."

나의 응원에 힘입은 루다의 뒤집기 2차 시도!
뒤집기 하려고 손을 저렇게 잡고 있는 걸까?
방해가 되려나 싶어 베개를 치워주며
루다의 발이 침대 바깥으로 나오지 않도록
좀 더 안쪽으로 넣어주었다.

자기도 답답한지 마구 버둥대는데, 그 모습조차
너무 귀엽고 사랑스럽다.
루다야, 엄마 여기서 기다리고 있어.
천천히 해.
안 하고 싶으면 안 해도 돼. 괜찮아.

루다의 뒤집기 시도는 계속되었다.

장애물이 되는 건 다 치워버렸고 발을 침대 안쪽으로

더 넣어주었다.

몇 번이나 아슬아슬하게 넘어가는 걸 반복하더니 루다가 막

짜증을 냈다.

그럴 때마다 나는 "오오! 루다 할 수 있어, 할 수 있어!

괜찮아!"를 외쳤다. 비록 잘 안 됐지만.

어느새 오후 9시 7분.

젖병을 발로 차는 루다 발견!

"오오, 루다가 젖병 발로 찼어?"

루다의 몸은 애매하게 돌아가 있고,

그 몸 아래에 왼팔이 깔려 있다.

팔에 피가 잘 안 통하는지 색이 변한 것도 같고.

"아이고… 저 팔이 문제다. 그치 루다야, 답답하지."

루다가 계속해서 버둥거리던 그 순간,

오오! 루다가 드디어 뒤집기에 성공했다!

팔은 여전히 몸 아래에 깔려 있지만.

저 팔만 빼면 완벽한데, 팔을 못 빼고 있다. 하하.

입가에서는 그간의 노력과 짜증의 결실인

침이 질질 흐른다.ㅋㅋㅋ

누가 하라고 강요한 것도 아닌데, 참 열심히도 버둥대고 있다.

그렇게 루다의 뒤집기는

태어난 지 102일째에 성공했다고 한다.

오늘은 루다 100일 기념 잔치가 열린 날.

태어난 지 어느새 100일이라니.

열무라는 태명이 더 익숙하던 그때,

첫 젖을 빨던 조그만 아이.

첫 뒤집기에 성공한 날 탄성을 내지르던 나의

모습 등 여러 장면들이 영화 필름처럼 생각난다.

이런 감동과는 별개로 100일 잔치상 차리는 일,

이거 진짜 보통 일이 아니다.

나름 예상은 했지만, 이 정도로 진이 빠지는

일일 줄이야…!

친가, 외가에서 모두 루다의 100일을 축하해주러

오셨다. 코로나 시국이라 멀리 떨어져 지내는 것이

일상인데, 갑자기 많은 사람이 모이니 루다도

당황한 모양이다.

하루종일 사진 찍고, 자야 할 시간에 제대로 잠도

자지 못했으니 짜증도 제법 났을 거다.

말 못하는 루다의 짜증은 쌓일 대로 쌓여

결국 저녁 식사 막바지에 화산 폭발하듯 격렬한 울음이
터져버렸다.

어른들도 이리 피곤한데,
그 주인공이었던 너는 얼마나 고단했겠니.
울음은 좀체 그치지 않았고
울음소리가 절정에 이르렀다고 느껴졌을 때
루다가 갑자기 얼굴이 빨개지며 몸을 부르르 떨었다.
거의 경기에 가까운 정도였다.

병원 응급실로 가려다
내가 루다에게로 가 아이를 안으니 금방 울음을 그친다.

결혼할 때 만큼,
아니 어쩌면 결혼식 날보다 정신없이 흘러갔던 것 같다.
웬만한 걸 하루에 다 해냈으니.
그래도 비교적 별 탈 없이 잘 해냈으니, 그것으로 되었다.

소소하게 100일 잔치 하나 치르는 것도 이렇게 힘든데
돌잔치 때는 또 어떤 고난과 시련이
우리 세 가족을 기다리고 있을까…?

루다가 태어난 지 170일 되는 날.

아이들은 참 집중력이 좋다.
루다는 카메라를 좋아하는데,
아빠와 비행기를 타면서도
카메라에만 시선을 고정한다.
아빠 얼굴은 쳐다보지도 않는다.ㅋㅋㅋ

어떤 날은 고양이 손수건이 마음에 들었는지
3분 동안 그것만 쳐다보던 적도 있다.

참고로 이 손수건은 요즘 루다가 잘 게워내기
때문에 토 냄새가 배어서 자주 삶아주는 중이다.

선풍기를 틀자 파란 불빛이 함께 켜지는 것을
보고 놀란 적도 있다.

없던 빛이 갑자기 생겨난 게 너무나 신기했는지
그렇게 한참을 쳐다봤더랬다.

요맘때 애들 키우는 분들은 공감하시겠지만,

루다도 인터폰 불빛을 쳐다보는 걸 좋아한다.

가만히 있다가도 고개를 들고 두리번두리번 쳐다본다.

엎드려 있다가도,

갑자기 고개를 번쩍! 들어서 쳐다보기도 한다.

불이 잘 켜져 있는지 확인하는 건가? 푸히히. 귀여워.

꿈꾸는 루다. 좋은 꿈 꾸고 있니?

눈을 뜨자마자 손가락부터 빤다.
다리도 쭉쭉 늘려주고 엄마 아빠를 부른다.
요즘 루다는 혼자서 일어나려고 시도한다.
내가 일어나 안아주면 색색거리며 웃는다.
얼굴은 띵띵 부은 주제에
헤실거리며 웃는 것 좀 봐!
볼살을 앙 깨물어주고 싶구나.

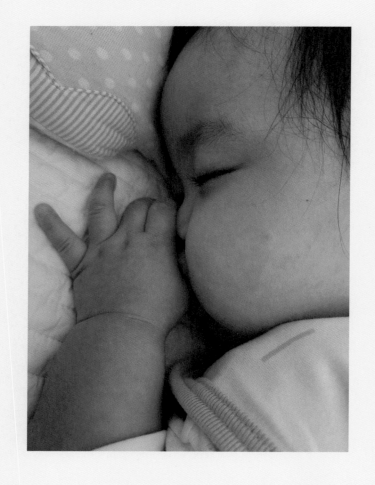

루다에게 치즈를 먹여보려고
열심히 검색해서 6개월 아이도 먹을 수 있는
아기용 치즈를 샀다.

"으이익!"
루다는 치즈가 입에 들어가자마자 바로
손가락을 문다.
"이게 무슨 맛이야? 짜!" 라고 말하는 것 같다.
하지만 아, 하고 입은 벌린다.
입에 치즈가 들어가자 오만상을 짓지만,
뱉지는 않고 천천히 씹는다.
"어때? 생각보다 괜찮지? 이게 무슨 맛인가 싶지?"

치즈의 맛을 깨우친 루다는
굶주린 아기새처럼 넙죽넙죽 잘 받아먹는다.
애들이 치즈를 엄청 좋아한다는 걸
알고는 있었는데 이렇게까지 좋아할 줄이야!
손가락 빼는 것도 잊고 치즈를 주는 엄마의
손가락을 쪽쪽 빨아먹는 루다.ㅋㅋㅋ

"되게 자극적이지? 인생 첫 나트륨 아니야?"

"그렇지. 어유 맛있나봐. 엄청 오물거려."

"큰일났네."

"맛있어 루다야? 어머머머머 그렇게 맛있어요?"

"충분히 짠맛이 있거든 손 안 빨아도. 하하."

루다는 천천히 오는 치즈를 참지 못하고
내 손을 마구마구 잡아당기며
열정적으로 치즈를 먹으려 한다.
루다야, 너 웬일로 이렇게 적극적이니?

눈앞에서 치즈를 치우니까 삐죽거리며 칭얼거리는 루다.
인생 첫 치즈가 그렇게 맛있었니?

episode 2

이번에는 루다 인생 첫 바나나 맛보는 날.
과즙망 안에 바나나를 조금 넣어서 내밀어본다.

입에 넣자마자 요상한 표정이 된 루다! 알쏭달쏭 알 수 없는
표정으로 계속 오물거린다.

그러다가 갑자기 인상을 팍 쓴다. 맛이 없나?

루다가 입에 물었던 젖꼭지를 뗐다.

맛이라고 보라고 바나나를 짜서 입술에 발라주었지만

치우라는 듯 도리도리.

엄마 손을 밀어낸다. 마지막 시도까지 실패했다.

바나나는 다음에 다시 시도하는 걸로.

episode 1

루다가 아직 기지는 못하지만 앉았다가 엎드리는
것까지는 할 수 있다.
그리고 앞으로는 못 가지만
방향 전환은 가능하다.
루다가 엎드려 바둥대면 우리는 "아이고 잘한다,
아이고 잘한다" 하며 칭찬해준다.

아이들은 어제 보는 것 다르고
오늘 보는 것 다를 만큼 빨리 큰다는데,
루다도 어느새 쑥쑥 컸다. 조만간 무언가를 잡고
혼자 일어설 수 있을 것 같다.
지금도 앞에 커다란 장난감이라든지,
붙들 수 있는 게 있으면 그걸 잡고 일어난다.
손을 붙들고 일어나는 걸 너무 좋아하는 루다.

괜찮아. 걱정하지마.
엄마 아빠가 언제나 네 뒤에 있어.

루다가 아직 먹으면 안 되는 멜론에 관심을 보인다.

이미 안 된다고 했는데 신기한지 계속 멜론만 쳐다본다.

그러다 기어서 아빠 쪽으로 다가가 엎드린 상태로

아빠를 빤히 바라본다.

귀여운 표정으로 아빠를 보다 보면 멜론을 얻을 수 있을

거라고 생각하는 것인가!

"왜? 니가 귀여운 표정 지으면 아빠가 멜론 줄 것 같아?"

남편이 결국 한마디로 결론을 내린다.

안 통한다는 걸 눈치챈 루다의 얼굴이 붉어지더니

결국 "으앙!" 울음을 터뜨리며 떼를 쓰기 시작했다.

"울어도 소용없어요. 울어도 안 줄거야."

아빠 말을 알아들었는지 빠르게 포기한 루다.

결국 멜론을 스스로 쟁취하기 위해 아빠의 무릎을 집고

일어나려 하는 이루다!

남편이 그런 루다를 막으니 다시 성질을 부린다.

"루다 이놈! 안 돼!"

아빠가 단호한 목소리를 내니 루다의 큰 눈이 더 커지며

땡그래진다.

'지금 날 혼내는 걸까?' 생각하고 있는 듯하다.

루다는 목소리의 억양과 높낮이로 자기가 혼나고 있는지,
혹은 예쁨받고 있는지를 다 안다.
루다뿐 아니라 말하지 못하는 아기들은 다 안다.
자기가 사랑받고 있는지, 혹은 혼나고 있는지를 말이다.

루다의 걸음마 솜씨가 날로 발전 중이다!

최근 보행기로 걸음마 연습을 하고 있는데,

기분이 좋을 때면 환하게 웃으며 아빠 손을 잡고

다리를 막 움직인다.

마치 수면 아래에서 헤엄치는 오리발을 보는 것

같다.

놀러나간 김에 밖에서 걸음마 연습 좀 하려고

신발도 챙겨가서 걸었다.

주변에 신기한 게 많은지 자꾸만 이것저것

참견하고 다니는 참견쟁이 루다!

2020년은 코로나라는 생각지도 못한 변수로
처음 겪는 출산과 육아가 더 힘에 부쳤다.
그렇지만 우리 소중한 딸 루다가 태어난 뒤
SNS를 통해 넘치는 사랑을 받았고
덕분에 우리 식구는 굉장히 특별한
한 해를 보냈다.

2021년에는 코로나만 없어지면
정말 완벽할 것 같은데 말이지.
와중에는 300일 기념 촬영을 하며
우리만의 추억을 만들기도 했다.

소중한 일상을 되찾으면
루다를 데리고 이곳저곳을 다니며
많은 것들을 보여주고 싶다.

오늘은 루다가 맞는 첫 생일.
언제 시간이 이렇게 흘렀을까.

2015년 3월 결혼해서 루다를 만나기까지
수많은 시도와 이별과 아픔을 겪었고
2019년 6월 9일, 루다의 존재를 확인했다.

그리고 2020년 2월 7일. 1년 전 오늘
오전 11시 31분에 루다를 만났다.

이렇게 다양한 나라의 많은 사람들에게
사랑을 받으려고 천천히 와준 걸까.
루다를 만나기까지 그 힘들었던 시간이
잊혀질 만큼 너무 예쁜 우리 딸. 행복하다.

그 흔한 배앓이도 접종열조차도 없이
아프지 않고 잘 커준 너에게 감사하며
앞으로도 아프지 않기!

항상 하는 말이지만
넉넉하진 못해도 부족하지 않게 키워줄게.

언제나 기다려줄 수 있는 엄마가 될게.

엄마 아빠가 많이 사랑해.
첫 생일 축하해 내 아가♡

루다의 첫 생일을 기념해 키즈 펜션에서
생일파티를 하기로 했다.
루다가 커갈수록 점점 옷 입히기가 힘들어진다.
남편과 나는 '잠깐만요'라는 말을 반복하며
루다를 달래는 동시에 신속하게 옷을 입힌다.

코로나 때문에
'5인 이상 집합 금지'가 연장이 되면서
돌잔치 대신 키즈 펜션에서 조촐하게 연
생일파티다.

산속에 위치한 펜션. 밑에는 계곡도 있다.
풀빌라의 특성상 풀이 있고 아이가 놀 수 있는
놀이방도 있다.

루다 케이크는 찜해두었던 가게에서 산
왕관 케이크, 돌떡은 수수팥떡,
오색 꽃도장 송편과 꿀설기로 정했다.

오늘의 주인공 루다는 예쁜 드레스를 입으러
갔다.

"루다야 옷 입자 이리와!"

 옷을 다 입은 루다! 눈처럼 새하얀 드레스가 잘 어울린다.
"우와… 공주님이세요? 시집가는 건 줄 알겠어!"
남편은 드레스 입은 루다를 보고
예뻐서 어쩔 줄 몰라 하는 중이다.

루다에게 하얀색으로 된 여러 모양의 머리띠를 씌워보는데,
머리에 무언가 씌워지는 것이 불편한지
루다 얼굴이 한순간에 구겨져버렸다.ㅋㅋㅋ
왕관도 씌워보려고 머리에 얹는 순간
루다 입에서 침이 주르륵. 푸히히.
루다 공주님, 체통을 지키시옵소서….

마지막으로 보닛을 씌웠는데 별다른 저항을 하지 않는다.
보닛을 두르니 평소보다 루다 얼굴이 더 볼록해 보인다.
아이고 엄마 아빠 심장이 남아나질 않는다 루다야.ㅎㅎㅎ

은빛으로 반짝거리는 일명 '신데렐라 신발'을 신으니
정말 공주님 같다.
신발을 신은 루다가 한발 한발 걸어나온다.
이제 남편과 내가 변신할 차례.

오랜만에 드레스를 입어서인지 내 모습이 너무 낯설고 도무지
적응이 안 된다.

남편도 옷을 갈아입고는 머쓱하게 웃는다.
나도 같이 머쓱하게 웃어주었다.
이제 드디어 포토 타임!

"히익! 루다 반지 왜 이렇게 많아?"
자신의 손가락에 잔뜩 끼워진 반지가 신기한 듯
루다는 자기 손을 이리저리 쳐다본다.
역시 우리 루다. 반짝반짝한 걸 좋아하는구나.

남는 것은 사진 뿐이니, 아까 제일 예뻤던
왕리본 머리띠를 씌우고 루다를 앉힌 후
폴라로이드 사진을 찍어주었다.
플래시를 터뜨리자 눈이 부셨는지 "우~"하며
정체모를 소리를 내더니
계속 떡뻥을 먹는다.
우리 부부가 루다를 달래는 비장의 무기인 떡뻥.
자, 우리 이제 노래할까 루다?

"Happy Birthday to You~

Happy Birthday Dear My RUDA~!
Happy Birthday to You~"

가족이 부르는 노래에 루다가 고개를 덩실거린다.
"루다 후~ 해봐, 후~"
남편이 말하고 내가 흉내를 냈는데
당황스럽게도 촛불이 꺼졌다.
엥? 이럴 생각은 아니었는데… 흑흑. 미안해 루다야.

노래도 부르고, 촛불도 끄고, 할머니의 축하도 받았는데
갑자기 루다의 텐션이 급격히 떨어졌다.
아, 떡뻥이 작아져서 그렇구나.ㅋㅋㅋ
엄마가 이제는 루다 마음을 조금 읽을 수 있게 됐단다.

"그거밖에 안 남았어? 그거 먹고 맘마 줄게" 하고 달래니,
"에~" 알겠다는 뜻으로 루다가 대답한다.

첫 생일 축하해.
엄마 아빠에게 와줘서 고마워 내 딸.

루다가 태어나고 100일마다 한 번씩 기념사진을
찍어주기로 했는데,
벌써 태어난 지 400일째가 되었다.

요즘 루다의 아침은 빨대컵에 담긴 우유.
"우와~ 아~ 뽀뽀뽀! 뽀뽀뽀!"
수다쟁이 루다. 아침부터 말문이 터졌다.ㅋㅋㅋ

너무 길어버린 루다의 앞머리를 직접 잘라주었다.
디자이너 선생님은…? 바로 나. 푸핫.
뒷머리는 자신이 없고, 앞머리만 살짝 자르기로
한다.
자른 머리가 바닥에 후두둑 떨어지자 그걸 멍한
표정으로 바라보는 모습이 웃기고 귀여워서
남편과 또 깔깔대며 웃었다.

그리고는 빠른 손놀림으로 공주님 드레스를
입히고, 머리띠를 채우려다 루다가 하도 울어서
보닛으로 교체했다.
울려고 입을 삐죽거릴 때마다 까까만 들려주면
바로 뚝, 울음을 그치는 루다가 너무 웃기다.

오늘은 또 스페셜한 복장이 있다.

바로바로… 수트!

"멋있다 루다!"

루다는 그렇게 보스 베이비+멋쟁이 신사가 되어버렸다.

너무 멋있긴 한데… 니 목 어디 갔니 루다야.ㅋㅋㅋㅋ

그렇게 태어난 지 400일 기념 촬영도 무사히 마쳤다.

아이들은 하루가 다르게 쑥쑥 큰다더니

그 말을 실감하는 요즘이다.

요즘에는 응가를 했을 때

"응가! 응가!" 하고 이야기한다.

기저귀를 차니 본인도 찝찝한 걸 느끼나보다.

좀 더 빨리 기저귀를 뗄 수 있으려나?

루다가 드디어 어린이집엘 간다.

막상 보내려니 걱정도 되지만

잘할 수 있겠지, 우리 세 가족?

좋은 선생님, 그리고 좋은 친구들 만나기를!

루다가 태어나고 처음 다친 날.
전혀 위험해 보이지 않았던 장난감이었는데
루다가 그 위에 앉았다가 넘어진 것 같다.
허벅지에 내 검지손가락 절반 조금 넘는 상처가
생겼는데 심지어 벌어져 있었다.

너무 놀라 병원에 가야 하나 잠시 고민했다.
루다는 아기라 그런지 피부 재생력이 좋아
처음에 비해 많이 아물어서
다행히 병원에 가지는 않았다.
몰랐는데 기저귀 안쪽에도 상처가 나 있더라.
이렇게 다친 건 처음이라
루다도 많이 놀랐는지 엄청 많이 울었고
우리 부부도 가슴이 철렁했다.

꺼진 불씨만 다시 보는 게 아니구나.
안전해 보이는 장난감도 다시 보자.

첫 육아의 어려움들,
그리고 배우자의 역할

모유는 초기에는 그렇게 양이 많지 않다. 또 수시로 젖을 물릴 수 없는 환경이 아니기 때문에 그 나머지를 분유로 보충을 한다. 그러니 모유와 분유가 자연스럽게 혼합될 수밖에 없다. 내 경우에는 처음에는 모유 4, 분유 6 정도 됐다.

내 경우 첫 유축을 했을 때 양이 45밀리미터가 나왔다. 생각보다 꽤 많은 양이었다. 그렇게 모유의 양이 점점 늘어나면서 6분 정도 유축기를 사용하면 한 100~110밀리미터 정도 나오게 됐다.

조리원에 있으면 제때 식사를 할 수 있고, 잠도 푹 잘 수 있다. 그런데 집에 오면 남편과 둘이 아이를 돌봐야 하기 때문에 정신이 없을 수밖에 없고, 식사는커녕 잠도 제대로 잘 수 없다. 그러다 보니 모유의 양은 계속 줄어든다.
게다가 남편이 밤에 루다를 돌보면서 젖병을 들고 분유를 타서 먹이니까 낮에 젖을 물렸을 때 루다도 점점 젖을 물고 싶지 않아 했다. 그렇게 모유 수유의 비율이 줄어들면서 생리가 시작이 되어버렸다.

처음에 엄마들은 '6개월 동안 모유를 먹이겠다' 혹은 '100일 될 때까지 먹이겠다' 등 목표를 세우는데, 나처럼 이런저런 이유로 그 계획은 마음대로 되지 않는다.

육아가 결코 쉬운 일이 아님을 알고도 루다를 낳았지만, 실전에서 겪는 어려움은 상상을 초월한다. 어느 날은 루다가 1시간 주기로 우유를 먹었다. 짜증도 계속 냈다.

그때가 원더윅스Wonder Weeks, 아기가 정신적으로 성장하는 시기를 가리키는 말. 육아의 입장에서는 더 많이 울고 보채는 과정에서 부모를 가장 힘들게 하는 때를 말한다. 시기였는지도 모르겠지만 여튼 40밀리미터를 타주면 20밀리미터만 먹고 15~20분, 그런데 60밀리미터 타면 30밀리미터를 먹고… 계속 이런 식이었다.

아이가 1시간마다 밥을 먹기는 하지만 밥을 먹인 뒤 트름도 시키려면 최소 10분은 안고 있어야 한다. 그다음 눕혀놓고, 그 사이

에 화장실 한 번 갔다오고…. 그런 걸 하다 보면 다시 밥 시간이
온다.

어느 날은 너무 힘들어서 하루에 두 번이나 울기도 했다.
그리고 내 짜증을 아이한테 풀기도 했다.

"대체 나보고 어쩌라고!"
"그만 좀 울어! 나보고 어쩌라는 거야….""

그렇게 밤이 오고, 자정에서 새벽 1시 사이 루다가 자지 않아 그
냥 안고 있었는데, 그럴 때도 루다는 짜증난다고 아등바등 몸을
잠시도 가만히 두질 않았다.

순간 감정이 복받쳐
"나보고 어쩌라고 진짜! 하루종일 왜 이러는 거야" 하면서 애한
테 성질을 냈다.

뒤늦게 미안한 마음이 밀려왔다.
애는 죄가 없다. 자기도 크느라 힘들어서 그런 거다.
미안한 마음이 올라오면서 괜히 눈물이 났다.

"루다야 미안해. 엄마가 미안해."

나가서 돈 버는 것, 그리고 육아.

둘 중에 어려운 것 하나를 선택하라면 나는 당연히 육아를 택하겠다.

그만큼 낮이고 밤이고 새벽이고 24시간 대기조가 되어야 하기에 아내와 남편의 역할이 매우 중요하다. 특히나 여자 입장에서는 육아 스트레스를 풀 대상도, 시간도 없다 보니 남편과 소통을 가장 많이 하게 되는데 남편은 또 남편대로 직장 스트레스와 내 육아 스트레스를 고스란히 감내해야 하니 서로 신경이 예민해진다. 사실 싸우는 건 당연하다. 그래서 '어떻게 푸느냐'가 매우 중요하다.

마음에 여유가 없으면 서로를 생각할 여유가 없다. 그래서 대화가 많이 필요한데, 서로 힘든 점만 토로하는 대화는 절대 도움이 되지 않는다. 매듭지어지지 않고 서로에게 깊은 상처와 서운한 감정만 남게 되기 때문이다. 일단 각자의 힘듦을 인정하고, 서로 예민해진 상태에서 조심할 부분 등을 이야기해본다든지 하는 이성적이고 건설적인 대화가 필요하다.

'내가 이만큼 힘들다' 류의 힘듦 배틀이 아니라 서로의 힘듦을 인정하고 '그러니 이런 부분들을 서로 조심하자'는 방향의 대화를 해야 한다.

시샘달 이레
이루다
널 만나던 그날

my Ruda

처음을
이루다

루다야,

세상이 처음이지?

우리도

육아는 처음이야

루다가 태어난 지 19일째.

우리 루다는 기저귀를 갈거나 맘마를 먹을 때

빼고는 아직 쿨쿨 잠만 잔다.

문제는 나랑 남편.

분유 타면서 물 조절하는 것도 아직 어렵고,

루다가 응가를 할 때면

남편과 둘이 같이 매달려 간신히 해결 중이다.

더불어 집까지 난장판.

루다야, 이렇게나 서툴러서 어떡하지?

미안해.

엄마 아빠가 부모라는 역할도, 육아도

처음이라 그래.

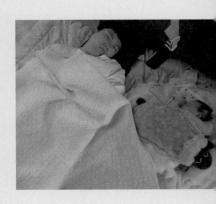

강아지처럼 낑낑대며 보챌 때도 있지만,
보통 루다는 의젓하게 잘 있어주는 편인데
정작 엄마랑 아빠가 안절부절못하고 있다.
도대체 언제쯤이면 육아에 익숙해질까?

루다는 아주 찔끔찔끔 자주 먹는다.

턱살도 제법 오른 걸 보니 잘 크고 있는 것 같다.

집에 온 지 일주일, 폭풍 성장 중인 루다.

태어난 지 30일째. 드디어 신생아 딱지를 뗐다.

축하해 루다.

오늘은 마침 우리 부부의 다섯 번째

결혼기념일이다.

올해부터는 루다까지 우리 세 식구가 함께

축하하는 시간을 보내겠구나.

특별한 걸 하지 않아도,

특별한 곳에 가지 않아도 된다.

우리 세 식구가 함께 있는 그 자체가 행복이니까.

남편이 루다가 찬 기저귀를 갈아준다.

변을 봐야 하는데 어제부터 계속 방귀만 뀐다.

"우리 루다 잘 잤어요? 똥을 싸야 하는데

똥을 아직 못 싸서 어떡해….

자, 차가운 거 닿는다 루다야~"

물티슈가 갑자기 닿으면 놀랄까, 친절하게 미리

안내를 해주고 엉덩이를 톡톡 가볍게 치며

닦아준다.

쓰던 기저귀는 최대한 작게 접어 한쪽에 놓고

물티슈로 닦아 촉촉해진 루다 엉덩이를 조심조심

말려주며 말한다.

"지난밤에는 평소에 비해 울지도 않고 엄청 편했어.

나 이렇게만 하면 밤새 루다 보고 바로 출근해도

될 것 같아."

기저귀 갈이를 끝내고 다시 루다를 조심히 눕힌다.

아직 서툴기는 하지만, 남편도 루다를 돌보는 게

점점 손에 익어가고 있다.

하지만 루다를 다시 눕혔다고 끝난 것은 아니다.

어제 미처 치우지 못한 젖병들, 젖병 소독기 등

설거지거리가 한가득이다.

밤새 젖이 차는 바람에 유축기로 계속 젖을 짜서 가슴이
너무 아프지만 지금은 투정할 시간조차 사치다.

남편과 밥이 코로 넘어가는지 입으로 넘어가는지 모르는 채로
한끼를 때웠다.
남편은 이따 저녁에 아이를 봐야 하니 2~3시간 정도
낮잠을 자둬야 한다.
그동안 빨래를 돌리고, 집안일을 하며
혼자 루다를 케어하다 보니 어느새 저녁 7시 반.

"남들 애 키운다고 할 때는 어쩌다 보면 커 있잖아.
그래서 별것 아닌 줄 알았는데… 육아가 생각보다 참 힘든
일이네."
하루하루가 너무 빨리 간다며
'나중에 뒤돌아보면 한 게 하나도 없었다고 느껴질 것 같다'는
남편에게 나는 이렇게 말해주었다.

"한 게 없기는. 딸내미 케어했잖아. 루다를 키우는 게 하는
거야. 엄청난 걸 하는 거지."

우리만 이야기를 나누니 혼자 심심했는지 루다가 울며 보챈다.
루다에게 젖을 물린다. 이제 슬슬 야간육아를 준비할 시간이다.

몸과 마음 모두 엄청나게 힘든 하루를 보냈다.
아침 7시 40분에 일어나 출근하는 신랑과
바통 터치를 했다.
루다가 살짝 잠든 사이 젖병을 닦고 이런저런
집안일을 시작했다.

그 와중에 루다가 잠에서 깼다.
1시간마다 루다의 기저귀를 갈아줘야 했고,
맘마를 먹여야 했다.
문제는 루다가 분유 80밀리미터를 타면 루다는
40밀리미터만 먹었고, 40밀리미터를 타주면
20밀리미터 밖에 먹지 않았다.
그마저도 아주 느릿느릿, 오래오래.

정신을 차려보니 나도 모르게 루다에게 짜증을
내고 있었다. 너무 스트레스를 받은 나머지
눈물이 났다. 오늘 하루종일 온전히 나를 위해
주어진 시간을 셈해보았다.
단 5분도 되질 않았다.
새벽 12시 57분 지금 이 순간까지,
이 글을 쓰는 지금까지도 루다는 나에게 안겨

있으니까.

루다를 눕히면 발버둥을 친다.

세워서 안아줘도 짜증, 눕혀서 안아줘도 짜증을 내니

도무지 이 작은 아이를 어떻게 대해줘야 하는 건지

도통 감이 안 온다. 그러다, 루다에게 짜증을 내는

나의 모습이 문득 눈에 들어왔다.

그래. 애가 무슨 죄가 있냐.

아이에게 미안하다는 말을 수십 번 내뱉으며 울고 또 울었다.

이런 과정들이 반복되며 산후우울증이 시작되는 걸까?

힘든 시간을 이겨내고 가진 소중한 아이이기에

육아가 힘들어질 때 남들보다는

더 많이 버틸 수 있겠지

생각했다.

그건 또 아닌가보다.

이렇게나 신나게 놀다니, 진작에 해줄 것을!
루다는 목욕을 싫어하는 건지,
아니면 쫄보인 건지. 목욕할 때 종종 울곤 했다.
그래서인지 처음 욕조에 들어갔을 때도 표정이
영 좋지 않았는데,
하루이틀 시간이 좀 지날수록 점점 잘 노는
모습이 보인다.

나중엔 양손 다 놓고 놀기까지!
수영하고 목욕하고 맘마까지 먹은 루다는 지금
내 옆에서 꿀잠 중이다.
그런데… 이왕 자는 거 침대에서 좀 자면 안
되겠니?

아직도 믿기지 않는다.

불과 두 달 전까지만 해도 내 뱃속에 있던

구 열무, 현 루다가 내 옆에서 자고 있다.

나는 원래부터 엄마였던 것처럼, 엄마로서의

하루하루를 보내고 있다.

우리 부부가 둘이 다녔던 여행에

이제 루다가 함께한다.

짐은 한층 더 많아질 테고,

고생도 더 많이 할 테고,

어떤 변수가 생겨 여행을 온전히 즐길 수

없을지도 모르겠지만

좀 더 크면 이곳저곳을 함께 하고 싶다.

엄마 아빠가 함께 봤던 멋지고 아름다운 풍경을

우리 루다에게도 보여줄게.

그날이 언제 오려나?

누군가는 아이와 잠시 떨어져 자기만의 시간을
가질 때면 막상 아이가 너무 보고 싶어져 미칠 것
같다고 한다.

내 경우에는 별로 그렇지 않다.

엄마이기 전에 나는 '김민정'이라는 한 사람이고,
엄마로 사는 삶보다 김민정이라는 이름으로
더 오래 살아왔다.
그렇기에 여전히 내 시간을 보내는 일은
너무 소중하다.
내 시간을 보내는 그 때만큼은 아무것도,
그 누구도 생각나지 않을 정도로.

단순히 내 새끼라고 해서 매 순간 예쁘기만
한 것도 아니고 아이를 가졌다고, 혹은 아이를
낳았다고 모성애가 공장에서 찍어낸 물건처럼
똑같은 형태로 장착될 리도 없다.

SNS에 비춰지는 나의 단편적인 모습만을 보면서
모성애가 없다며 비난하는 사람들이 간혹 보인다.

감정에는 정해진 형태가 없다.

감정은 자신이 살아온 모양새대로 자연스럽게 표출되는 것일
뿐이다.

누군가는 기쁘다는 감정을 느낄 때 환한 웃음으로 드러내고

누군가는 벅차오르는 마음을 담백한 미소로만 드러내는
것처럼.

2020

04.26.

sun.

태어난 지 80일 만에 터미타임Tummy Time 첫 성공!

그동안은 몸만 살짝 들거나 잘 안 되는 게

짜증나는지 찡찡 울고 했는데

오늘은 제대로 성공했다.

100일 때까지 못하면 어쩌나 걱정했는데

다시 한번 느낀다.

육아는 기다림이란 걸.

생후 111일째.

튤립에 대한 책부터 시작해 하루에 최소
20권씩은 읽어준다.

남편과 나는 매일 같은 내용을 읽으려니 지겨운데
루다는 같은 책도 매일매일 새로운가 보다.
책만 들면 팔을 파닥파닥거리며 그렇게 좋아한다.
루다 너는 뭐가 그렇게 늘 새롭고 즐거울까?

책 욕심이 많아서 한 권을 다 읽고 덮은 후
다른 책이 눈앞에 있지 않으면 으엥 울어버린다.

책을 좋아해줘서 다행이긴 한데 읽어주는 입장인
엄마 목이 나갈 것 같다 루다야.
배도라지즙을 달여먹어야 하나….

태어난 지 117일, 4개월 아기를 둔 엄마 아빠의
하루하루는 전쟁이다.

루다와는 얼마 전부터 분리 수면을 하고 있다.
문이 열리자 눈을 번쩍 떠버린 루다.
울지도 않고 작은 입을 오물거리며 기지개를 켠다.

루다는 손가락을 빼는 습관이 있어서
자주 닦아줘야 한다.
문득 손을 입으로 가져가려다 남편의 시선을
눈치채곤 다시 내린다.
너 지금 아빠 눈치 본 거니?

집에 온 지 얼마 안 되었을 때 찍은 것과는 비교도
안 되게 자랐다. 눈도 훨씬 더 커졌다.

아빠가 노래 나오는 책을 편다.
루다 아빠가 제일 좋아하는 놀이.
펭귄, 튤립 등의 노래를 틀어주면 루다는 책에서
눈을 떼지 못한다.

육아 전쟁에서 벗어나 잠시 쉬러 들어가야겠다.

내가 쉬러 들어가자마자 눈앞에 엄마가 안 보이니 루다가

칭얼거리기 시작한다. 이때 바로 재워야 한다.

루다는 자기 혼자 잠든 적이 손에 꼽을 정도로 희귀하다.

꼭 안아서 재워야만 하는데, 요즘은 아기띠와 슬링으로

주로 재운다. 역시 육아는 아이템 빨인가.

episode 2 - 아빠의 하루

엄마가 쉬러 들어가자마자

엄마가 보이지 않는다고 루다가 칭얼거리기 시작한다.

바로 재워야 한다.

루다는 자기 혼자 잠든 적이 손에 꼽을 정도로 희귀하다.

꼭 안아서 재워야만 하는데, 요즘은 아기띠와 슬링으로

주로 재운다.

나에겐 이 아이템이 최고다.

최근 들어 루다가 쪽쪽이를 거부한다.

손이나 다른 건 무는데 쪽쪽이만 물지 않는다.

이유는 모르겠다.

오늘 나의 목적은 하나다.

엄마가 쉬는 동안 루다가 최대한 찡찡거리지 않게

조용히 시키기.

예전에는 아내가 잘 때 집안일을 하나라도 더 해놓으려고
루다를 눕혀놓고 빨래나 설거지를 했다.
그것 때문에 루다는 잠에서 깨고, 찡찡거리거나 소리를
지르면 아내 또한 다시 잠에서 깨고 말았다.
그래서 차라리 집안일 보다는 루다를 돌보는 것이 더 도움이
되는 것 같아서 루다에 집중하기로 했다.

한동안 루다를 안고 걸어다니자 슬슬 졸려하기 시작한다.
이불을 덮어주고 계속 걸어다니자 그제야 잠이 든다.
침대에 눕히면 바로 깨기 때문에 침대에 눕더라도 내 몸 위에
눕힌다. 그러면 나도 루다도 같이 조금 잘 수 있다.
루다는 1시간을 자고 일어났다. 아내도 그즈음 때맞춰
일어났다.

쉬느라 루다를 안 보는 동안 루다는 몸을 뒤집고 있었다.
아직도 팔이 몸 아래 끼어 있고, 접힌 팔을 빼는 게 서툴다.

요즘 루다는 엄마 아빠가 안 보이면 칭얼댄다.
100일 이후부터 낯을 가리게 되며 부모를 분별할 수 있게
됐는데,
자주 보지 않는 사람에게 안기면 자지러지도록 운다.
큰일이다.
웃음이 별로 없다는 점에 대해서도
남편은 무슨 문제가 있는 건 아닌지 걱정한다.
루다 또래 아이들이 앞서가는 모습을 보면 걱정부터 되나보다.
나는 루다가 딱 발달 단계에 맞춰 커가고 있는 것 같아
별로 걱정은 되지 않는다.

우리가 밥을 먼저 먹고 루다 밥을 먹인다.
보통 내가 루다에게 밥을 주는 동안 남편은 집안일을 한다.
루다는 밥을 다 먹고 어느새 쌔근쌔근 잠이 들었다.
남편이 한마디 한다.
"자는 모습은 천사야, 천사. 냄새나는 천사."

루다가 크면서 확실히 예전에 비해서는 한결 여유로워졌다.

특히 수유 간격이 많이 달라졌는데, 생후 한 달째에는

1시간~1시간 반 간격이었지만

네 달째인 지금은 4시간 간격이다.

루다 신생아 시절에는 새벽에 2~3시간마다 깨서

우유를 먹어야 했다.

지금은 다행히 오후 9시~12시 사이 잠들고

새벽 3~4시쯤 한 번 정도 깨면서

깨는 횟수도 확실히 적어졌다.

하루에 닦는 젖병 개수도 15병에서 6~7병 사이로 줄었다.

대신, 중간에 깼을 때 루다와 놀아줘야 하기 때문에

그만큼 체력적으로는 더 힘들기도 하다.

 # episode 4 – 다시, 아빠의 하루

아내에게 "이제는 자기가 좀 봐. 오늘 너무 안 봤어."라고

했더니 아내가 쉬는 날은 루다와 아빠 사이에 교감을 많이

해야 한다며 엄마랑은 26시간 꼬박 붙어 있다고 농담을 한다.

루다와 더 열심히 놀아준다.

손가락을 안 빠는 걸 보니 지금 나와 노는 데 집중하고

있는 것 같다.

 # episode 5 – 다시, 엄마의 하루

새벽 5시 35분, 배고파 하는 루다에게 밥을 먹이고
다시 재우기를 시도했다.
남편이 소파에 누워 루다를 배 위에 올려놓아서 그런지
10분 만에 무사히 잠들었다.

잠자는 루다를 침대에 옮겨심기 성공!
빨리 자라라…. 푸핫.

2주 뒤,

150일 되는 날부터 이유식을 먹일까 했는데

미리 스푼이랑 친해질 시간이 필요할 것 같아

스푼으로 분유먹기 연습 시작.

첫 연습이라 정량의 반 이상을 흘렸지만

스푼으로 분유를 받아먹는 모습이

꼭 아기 새 같다.

이제 이유식을 삼키는 데 익숙해졌나보다.
먹는 동안 손도 거의 안 빨고 별로 흘리지도
않는다. 기특하다, 기특해.
루다는 오늘도 성장 중.

07.29.

wed.

요즘 루다가 이앓이로 고생 중이다.

새벽 내내 자면서도 울고, 잠들지 못하고

짜증만 내기도 한다.

아직 잇몸 안에 뭐가 보이는 것 같지는 않은데….

계속 마음이 쓰인다.

우리 루다 태어난 지 벌써 200일.

이렇게나 많은 사람들의 사랑을 받으려고
엄마랑 아빠를 오래 기다리게 했나보다.
건강하게 자라줘서 고마워. 사랑해.

episode 1

요즘 루다는 보행기를 타고 거실을 이리저리
돌아다닌다.
아빠가 아무리 루다를 불러도 절대 아빠한테
가지 않고 자꾸만 현관 쪽으로 간다.
"그래 너 가고 싶은 데로 가. 루다야 올 때 메로나!
알지?"

episode 2

"아이스크림 먹어야지~ 음, 맛있다!"
남편은 요즘 먹을 걸로 루다를 약올리는
놀이(?)에 푹 빠졌다.
막대 아이스크림을 먹으며 "음, 맛있다!" 하면
루다는 전속력으로 남편에게 간다.
"루다 거는 여기 없는데에? 안 돼. 이거는
아빠 거예요. 루다 안 줘."
그러면 루다는 손가락을 빨면서 나도 달라는 듯
팔을 사방팔방 휘적이며 아빠가 내민
아이스크림을 쥐어보려 하지만 아직 스스로 몸을
자유자재로 움직이는 건 무리.
그걸 알고 있는지 금세 포기하는 귀여운 루다.

오늘은 루다가 폐구균 3차 예방접종 주사를
맞으러 가는 날. 이제 진짜 끝인가 싶지만,
예방접종은 끝이 없다. 만 12세까지 계속 맞아야
한다니.

드디어 주사 맞을 시간이 왔다. 루다를 눕히고
양 팔을 위로 올려 꼭 잡는다. 갈수록 눈치가
빨라지는 루다는 두 팔을 올리기만 해도 울음이
터진다.
얼굴이 새빨개져 혀가 파르르 떨릴 정도로
울어제끼지만 내 품에 안기자마자 울음을 뚝
그친다.

"루다는 쫄보래요~ 쫄보래요~"
뒤에서 아빠가 쫄보라고 놀리자 눈물이 가득
달린 눈으로 웅얼거린다.
무슨 말인지 모르겠지만 좋은 말은 아닐 것
같다.ㅋㅋㅋ
세상 서러운 표정이지만 어떡하니. 엄마 아빠는
이 표정이 세상 귀여워 보이는데.

어느새 진정한 루다는 우유를 먹는다.
아직도 눈물을 다 거두지 못하고 눈물이 글썽글썽 맺혀 있다.
내가 놀아주자 언제 울었냐는 듯 생글생글 웃는다.

벌써부터 주사를 맞은 허벅지가 빨갛게 부어오른다.
역시 폐구균 주사라서 다른가 보다.

낮잠 잘 시간인데 루다는 도무지 자지를 않고
아빠와 신나게 논다.
"제발 자자 루다야. 웃지 말고 자자. 안 잘거야? 자자~ 자자~"

그러다 시작된 카메라 놀이.
함께 카메라를 보고 헤헤헤 웃는다.
루다가 아빠를 바라본다.
아빠가 루다를 바라보면 루다는 다시 카메라를 본다.
카메라를 함께 보고 정색한다.

아빠가 잠이 든 척하자, 루다가 한숨을 푹 내쉰다.
아기도 한숨 나오게 만드는 남편의 장꾸력이란.ㅋㅋ
이제 최후의 수단을 쓸 때가 되었다.
바로 아기띠로 안아서 재우기.
적용하자마자 미션은 성공했다.

열꽃이 피었는데, 피부 트러블이 많은 아이라 적잖이
마음이 쓰인다.
다음날 일어나서 혼자 발 박수 치면서 잘 놀고 있길래
체온 재보니 37도.
열이 좀 떨어져서 다행이다.
이제야 조금 마음을 놓겠구나.

루다가 태어난 지 228일째.

키 측정기를 사용해 루다의 키를 쟀다.

아직은 서 있을 수 없어서 아이를 눕힌 채

키를 재야 한다.

조금 자랐지만, 여느 또래 아이들의 평균 키와

비슷한 편이다.

2020
09.27.
sun.

이유식 먹일 때마다 전쟁을 한바탕 치른다.

스푼을 빼앗으려는 자와

스푼을 지키려는 자의 전쟁.

생후 242일째.

요즘 루다는 자꾸만 일어서려고 하고,

걸으려고 한다.

제대로 기지도 못하면서 소리를 지르며,

온 힘을 다해 전속력으로 시도한다.

10.08.

thu.

손짓이 다양해졌다.

짝짜꿍은 시키면 잘하는데,

잼잼은 자꾸 우리가 안 볼 때 몰래 한다.

오늘은 '빠빠이'도 했다.

이 귀엽고 사랑스러운 모습 한번 포착하기

참 힘드네.

2020

10.10.

sat.

오늘 우리집 거실만 한 40바퀴 돈 것 같다.

내 손을 잡고, 걸음마 보조기에 의지해 걷기도

한다.

앉아서 놀기보다는 무조건 걸으려는 씩씩한

이루다. 오늘도 열심히 걷기 운동을 마치고

물놀이 겸 목욕 시간을 가진다.

요 며칠 루다가 밤에 뒤척이고 깨던 이유를
알았다.
바로 이앓이.

작은 두 번째 아랫니가 보인다.
어느새 자라 있었던 거니.
칭얼거리지도 울지도 않았으니
이앓이가 이 정도로 지나가는 거면
참 감사한 일이다.

12.09.

wed.

먹던 이유식은 난장판을 쳐놓고

겨우 목욕시키고 나니

식탁을 치우지도 못하게 울고불고한다.

옆에 있어주다 막수밤잠 들기 전 바로 하는 수유하고

이제 좀 재우려 하니 응아를 하는 루다.

응아도 치우고, 재우고…

식탁 의자를 닦다가 물티슈 하나 다 쓸 것 같아서

그냥 들고 화장실 가서 의자째 샤워시켰다.

오늘은 두부 촉감놀이를 하는 날이다.

거실에 아기욕조와 놀이매트를 깔고 촉감놀이

준비를 완료했다.

처음 보는 거치물인지 무서워하는 루다.

번쩍 들어서 중앙 아기 욕조 안으로 내려놓자

어색한지 울음 시동이 걸린다.

여기서 나가고 싶다는 뜻이다.

엄마랑 아빠는 빠르게 두부를 가져온다.

"루다야, 이게 뭐야?"

하얗고 네모난, 커다란 두부가 자신의 다리 위로

올라오니 울음을 뚝 그치는 루다.

이게 뭐지? 하며 집중하기 시작한다.

두부의 감촉이 생소한지,

양손으로 두부를 만지고는 두 손을 뗐다가

결국 아빠를 바라보는 루다.

남편은 이 상황이 재밌는지 함박웃음을 짓는다.

그렇게 두부를 낯설어하던 루다는

처음에는 손가락만 찌르다가 이내 서서히 익숙해졌다.
그러더니 두 손으로 두부를 쥐고 머리 위로 올려서
포슬포슬 떨어뜨리고 있다.
기특해라. 그래, 막 장난도 치고 그래 루다야.

남편이 두부를 살짝 떼서 루다의 입 앞으로 내민다.
"루다야 이거 먹는 거야~ 먹어볼래?"

루다는 거부감 없이 받아먹는다.

아빠가 한번 먹여주니 혼자서도 알아서 두부를 입에 가져간다.
놀이와 식사를 한 번에. 일석이조다.
그런데 우리 루다 너무 잘 먹네. 김치라도 좀 줘야 하나?
맛있냐고 물으니 "으으응~" 하고 대답한다.

냠냠 열심히 두부를 쥐어 먹으며 노는 루다.
옷 위로 두부가 주륵주륵 흐른다.
처음에는 두부가 무서워가지고 두부를 통, 통, 때리더니
오늘은 너무 잘하네.

아빠 입에도 넣어주는 것을 잊지 않는다.
"아이고 감사합니다."

욕조를 짚고 일어서는데, 두부를 먹지 않고 피부에 양보해서
그런지 루다의 얼굴이 새하얗다.ㅋㅋㅋ

다음은 귤 촉감놀이 시간!
껍질을 깐 귤을 루다에게 쥐여주었다.

귤에 붙은 하얀 껍질을 떼주려고 도로 귤을 가져가자,
루다가 손을 빨며 나를 쳐다본다.
어찌나 성질이 급한지 욕조를 짚고 다시 일어나려고 하는
딸내미.

기다림 끝에 드디어 귤 촉감놀이가 시작되었다.
귤은 루다의 손에 들리자마자 바로 입으로 직행했다.
크기가 커서 어떻게 먹을지 고민하는 모습이 참 귀엽다.ㅎㅎ

"루다야, 손으로 막 으깨!"
숙숙 쥐어 뜯자 쏙 나눠지는 귤!
그리고 쭉쭉 쩝쩝 귤을 맛보는 루다. 맛나네.

시간이 지나 욕조에서 루다를 내려내려고 남편이 아이를
들었는데 촉감놀이가 너무 재밌었는지, 온몸에 힘을 주며
버틴다. 계속 뻐팅기다 최종 단계인 울음 시동을 거는 루다.

남편이 재빨리 루다가 입던 옷을 후루룩 벗기고 욕조로
향한다.

촉감놀이 하고 나서 초토화된 현장…
두부와 귤로 엉망진창이다.
그래도 루다야, 네가 즐거웠다면 엄마 아빠는 됐다.

책 읽어주다가 잠시 쉬면서 폰을 보고 있는데
옆에서 자꾸 "꼬! 꼬!" 그런다.
흘깃 봤는데 책에서 꽃이 있는 페이지를 펴놓고
그 말을 반복하고 있던 거였다.

엄마가 하는 말을 똑같이 따라하는 게 아니라
먼저 꽃을 발견하고 이야기해주다니,
감동이야 이루다!
엄마가 책 사줄 맛 난다.
힘들어도 열심히 읽어줄게.

"오리는 어떻게 울지? 엄마랑 지금 책 읽으면서
루다가 동물 소리 따라했지? 어떻게 했지?
꽥, 꽥…"
"꽥! 꽥! 꽥! 꽥!"
루다가 질세라 오리 울음을 흉내내며 나를
쳐다본다. ㅎㅎㅎ

"그 소리로 들려 루다야?"
"크엑! 크엑!"
푸하하하. 어째 울음 소리가 점점 이상해진다.

루다에게는 끔찍이 아끼는 애착 인형이 있다.
이름은 루루.
오늘도 루루를 가지고 놀아준다.
'루루 뽀뽀' 하면 루다는 입을 바로 가져다대며
뽀뽀한다. 아이 잘했어.

나는 루루를 끌어안으며 귀에다 '사랑해'라고
말하고 루다에게 루루를 건넸는데,
루다는 루루의 얼굴에 귀를 가져다대며 엄마의
행동을 그대로 따라했다.

"한 번 더! 루루야 사랑해~"

루다가 다시 한번 루루를 끌어안으며 귀를 댄다.
사랑 많은 루다.

그런가 하면 루다는 흥도 많다.
노래를 틀어주면 리듬에 맞춰서 몸을 흔든다.

"하하하. 춤추는 거야, 루다?"

루다야, 하지만 이제 낮잠 시간이야.
침실에서 루다는 이불을 쥐고 머리 위로 올린다.
까꿍놀이를 하자는 시그널이다.
"까꿍!" 하니 배시시 웃는다.
루다는 자기 싫은지 벽을 짚고 걸어다닌다.
"우~!"

남편이 루루를 들고 같이 놀자고 한다.
루다가 헤실헤실 웃으며 아빠 쪽으로 기어온다.

"(루루한테) 뽀뽀해주세요~"
루다가 조그만 입술을 루루에게 가져다댄다.

잠시 후, 춤도 열심히 추고 애착 인형에게 뽀뽀를 하던 루다는
잠에 빠져들었다.

사랑도 흥도 많은 루다야,
앞으로도 계속 그렇게 사랑과 흥과 즐거움이 넘치는 아이로
자라주렴.

01.30.

sat.

점점 따라할 줄 아는 행동과 말이 늘어난다.

"아이 예뻐." 하고 머리를 쓰다듬어준 적이 있는데

어느새 그 말을 따라하며 "예뻐." 한다.

'할미'하면 '음미(?)'라고도 하는데….

푸하하. 아직 '할미'라는 말은 아직 발음이

어려운가보다.

루다는 퓌레_{puree}를 너무 좋아한다.

퓌레가 너무 먹고 싶은 나머지

기다리면서 눈물 그렁그렁한 적도 적지 않다.

퓌레를 한입 먹자 수저가 입에서 빠지기도 전에

잡고 놓질 않는다.

작은 입속에서 도통 나올 생각 없는 수저.

"눈물 가득해애…. 눈물 봐."

"까뽀!"

"예뻐? 루다 예뻐?"

"예뽀~"

"예뽀?"

"~뻐!"

"예뻐?"

"으흥~"

루다가 해맑게 웃는다.

얼마나 맛있으면 소리까지 지른다.

"으으~음!!!"

눈물 그렁그렁, 작은 입, 해맑은 웃음, 즐거운 비명.
루다가 느끼는 퓌레의 맛!

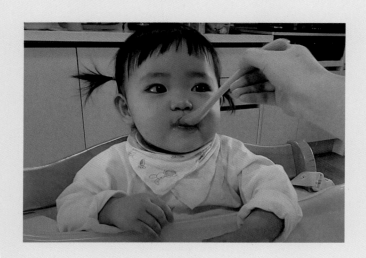

우리 세 가족은 제주로 날아왔다.

루다의 첫 비행, 그리고 첫 제주 여행이다.

오늘은 여행의 첫날!

숙소의 창문을 열자 감귤뷰가 펼쳐진다.

"마음에 들어?"

집중한 루다는 침을 흘리며 열심히 돌아다닌다.

턱이 있어서 위험하지만 루다는 혼자 난간에서
내려오는 것에 성공했다.
놀잇감을 찾아다니는 루이에나.
뭐 만질 것 없나 탐색 중이다.
벌써 적응했는지 자기 집마냥 편안해 보인다.

"응~ 고마워."
남편이 루다가 가져다 준 무언가를 받으며
인사한다.
루다는 요즘 물건 가져다주는 걸 좋아한다.
엄마가 틀어준 동요에 맞춰 춤을 추는가 싶더니
몰래 내 핸드폰을 주워 바로 도망간다.

남편은 짓궂은 목소리로

"노래나 틀고 춤이나 추세요 이루다 씨!" 말하고

나는 모른 척 "노래 안 해?"라고 말하며 노래를 틀어주었다.

노래에 맞춰 춤을 추지만 눈은 계속 핸드폰을 찾고 있다.

이런 사소한 것들이 나를, 남편을 웃게 만든다.

올레시장에서 사온 김밥을 앞니 두 개로 오물오물

열심히 씹어먹고 순수 100% 한라봉 착즙 주스를

쪼옵쪼옵 잘도 먹는다.ㅋㅋㅋ

다행히 루다가 30분만에 잠들어줘서

우리 부부는 단 둘이 술판을 벌일 수 있었다.

힘들고,

때로 소소하게 즐겁고,

지치고,

다시 힘을 내고.

그런 여러 감정들이 뒤섞인 여행 첫날.

맛있는 아침을 먹은 루다는 기분이 좋다.
아침부터 루다와 함께 하는 까꿍놀이가
시작됐다.ㅎㅎㅎ
루다는 베이비룸 울타리에 두 팔을 대고
고개를 푹 수그린다.
저래 보여도 굉장히 진지하게 숨은 거다.
나는 고도의 연기력을 발휘해 루다를 열심히
찾는다.

"어? 루다 안 보이네? 어디 갔지이~"
이때 쑥 일어나는 루다!
"여기 있네~!"
루다가 꺄르르 웃는다.

한바탕 까꿍놀이가 끝난 후 루다는 아빠와
낱말카드 놀이를 시작한다.

"강아지 어딨어? 강아지!"

루다는 말없이 'dog'라고 적혀 있는 강아지
카드를 쿡 찌른다.

"그렇지! 바로바로 찾지 이제? 다음은 꼬꼬댁~ 꼬꼬.

닭! 닭 어딨어?"

루다가 바로 암탉 카드를 찌른다.

"그으렇지! 애플! 사과!"

"애, 뽈?"

갑자기 생뚱맞게 닭 카드를 찍어버리는 이루다….

"푸하하! 사과 어딨어? 사과!"

다행히 루다는 다시 사과 카드를 찔렀다.

남편이 벽에 붙어 있는 학습용 포스터를 가리킨다.

"어? 루다야~ 여기도 있어!"

루다는 돼지 그림을 가리키며 옹알거리듯 말한다.

"꾸~꾸!"

"응?"

루다 전담 통역사인 내가 한마디 한다.

"꿀꿀이래, 꿀꿀."

다시 낱말카드 놀이 시작!

"바나나 어딨어? 바나나."

아직 키가 작은 루다는 낮은 의자를 밟고 올라가

바나나 그림을 가리키며 "빠, 빠?" 한다.

"맞아! 바나나야. 하하. 숫자 1은 어딨어? 숫자 1."

루다가 시계를 가리킨다.

"일!"

"그렇지! 거기 말고 또 어디에 있어?"

'10'을 가리키는 똑순이 루다.

"그렇지! 맨 앞에 1이 있지?"

루다는 꽤 많은 단어를 알고 있다.

책을 많이 읽어준 영향일까? 어떤 단어들이 나올 때,

우리 부부는 그 그림을 꼭 짚어준다.

그래서인지 루다는 동물 소리를 특히 잘 기억한다.ㅋㅋㅋ

루다가 책을 꺼내와 남편 곁에서 혼자서 책을 읽는다.

"루다 혼자 책 읽고 있었어? 그게 뭐야?"

"맘마!"

"아~ 멍멍이야?"

"암마!"

"맞아. 나중에 우리 멍멍이 키울까 루다야?"

루다가 말없이 고개를 끄덕인다.

"어, 그래. 알았어! 한번 생각해볼게."

이제 루다 낮잠을 재워야겠다.

꿈속에서라도 멍멍이랑 즐겁게 뛰어놀렴.ㅎㅎ

며칠 전, 숫자를 가르쳐주며 '8'이라고 말했더니
루다가 본인의 팔을 든다.

으하하하. 그것도 맞네.

그것도 팔이고, 엄마가 말한 '8'도 팔이야.

루다가 오늘 갑자기 고사리손으로 자기를
가리키며 "루다" 하고 자기 이름을 말했다!

이전까지는 내가 "루다야" 하고 부르면
알아듣는 체를 하거나
손으로 자기 가슴팍을 탁 치는 정도였는데
이제는 자기 이름을 말한다.

하루하루 커가는 네 모습이 감동 그 자체다.
루다야,
언제 이렇게 컸니!

안방 화장실에서 볼일을 보는 엄마 옆에 앉아
휴지도 뜯어주고, 직접 닦아주려는 효녀 루다.

루다야 엄마는 괜찮단다.
너만 잘하면 돼⋯ 푸하하.

오늘은 약 2시간 좀 안 되는 시간을 제외하곤
온종일 찡찡 모드다.
간밤에는 한 20번을 깨더니
점심도, 저녁도 거부하고
달랑 고구마죽 하나, 우유를 먹고 8시에 잠들었다.

하⋯ 숨고를 시간이 필요하다.

투정이 멈추질 않아
안방 문 뒤에서 잠시 쪼그리고 앉아 있었다.
혼자만의 시간이 필요해⋯

루다의 손가락 빨기 습관 고치기 1일차.
오늘 밤잠을 자는 데도 손가락을 한 번도
빨지 않고 잠들었다.
물론 손가락으로 입을 만지작거리긴 했지만.

이 어린아이가 뭘 안다고 손가락을 입에 넣고
싶지만 일단은 꾹 참아보는 모습이 안쓰럽기도,
대견하기도, 기특하기도, 귀엽고 웃기기도 하다.
오만가지 감정이 들던 날.

잠들기 전, "루다는 할 수 있어!" 힘을 불어넣으며
루다랑 둘이서 파이팅을 10번 외쳤다.

'남은 날들 중 오늘의 육아가 가장 쉽다'는 말이
있다. 정말이지 어제를 생각하면 어제의 육아가
가장 쉬웠다.

그립다, 누워만 있던 루다.
그립다, 엎드려만 있던 루다.
그립다, 기어다니기만 하던 루다.

낮잠을 2시간 정도 실컷 자고 일어난 루다가
기분 좋은 표정으로 일어나 바로 책장으로 가
책을 꺼내온다.

그래, 이게 바로 내가 원하던 그림이야…!

기저귀를 가는데 루다가 "기저귀가 축축해." 한다.
설거지를 하고 있으면 내 옷을 만지작거리며
"엄마 옷이 축축해." 한다.

'축축하다'는 말은 또 어디서 배웠을까?

매 순간 고비가 오고 힘들지만
때로는 웃음나고
때로는 재미있는 육아.

그러나 여전히 알쏭달쏭한 육아의 세계.

까까를 먹은 루다가 더 달라며 쓰는 마법의 단어.

"한 번~!"

그러나 루다에게 한 번은 한 번이 아니다.

루다에게 이 말인즉슨

'무한대'로 해석되는 듯하다.

소리를 지르고, 웃다가, 울다가, 짜증내다가,

화내다가…

루다의 기분은 변화무쌍하게 변하지만 이럴 땐

정말 귀여워죽겠다.

어느새 18개월이 코앞이다.

5분대기조의 마음으로 루다를 등원시키고
1시간을 근처에 있다가 왔다.
처음 등원해서는 여느 아이들과 같이 울었다고
한다.
그치만 선생님께서 루다에게
'조금만 놀고 있으면 엄마가 데리러 온다'고
설명해주셨는데
"조금?" 하며 선생님 말을 따라한 뒤
금세 울음을 그치고는
장난감을 가지고 놀았다고 한다.ㅋㅋㅋ

단어도 많이 알고 말을 잘한다고,
"집에서 책 많이 읽어주셨나봐요." 말씀하시는데
느껴지는 뿌듯함.

주말 지나면 적응한 게 다시 리셋된다는데
다음주 월요일에도 잘 적응해보자.

우유를 쪽쪽 마시는 루다.

다 먹은 것 같은데 빨대를 계속 입에 물고 있다.

조금 남았나 보다.

"다 먹었어?"

고개를 도리도리 젓는 루다.

"아니야? 더 있어? 줘봐. 아빠가 도와줄게."

"으으응…"이라는 말로 루다는 싫다는 감정을

표현한다.

"알았어. 으이그, 고집쟁이!"

우리 부부는 이런 상황이 왔을 때 굳이 무리해서

해주지는 않는다.

'내가 조금만 도와주면 아이가 좀 더 빠르고

편하게 저걸 먹거나 할 수 있을 텐데…'

그런 생각이 들기도 하지만 도와주는 게 능사는

아니다.

오래 걸리더라도 스스로 하게끔 하는 것도

하나의 방법인 것 같다.

아이가 스스로 배울 수 있도록 믿고 지켜보는

것도 부모의 역할이다.

"루다야. 너 오늘 어디 가는지 알아?"

"어디이?"

"루다 어린이집 갈 거야."

"어엉…"

"가서 선생님도 만나고, 친구들도 만나고
그럴 거야. 언니 오빠들도 있어."

"욱발!"

"출발? 흐흐."

어린이집 근처에 도착했다. 남편이 루다를 꼭 안고
말한다.

"루다야, 엄마 아빠 없어도 잘 놀다 오세요,
알았죠? 선생님이랑 친구들이랑 재밌게 놀다 와.
울지 말고 재미있는 시간 보내요. 알겠지?"

드디어 루다의 어린이집 첫 입성!

선생님들과 인사를 나누는데 루다가 내 손을 쭉
당긴다. 들어가길 주저하는 것 같다.

루다의 반 친구가 먼저 와 있어서 루다에게
말해줬다.

"루다야, 여자 친구도 있다!"

다행히 루다가 친구에게 관심을 보인다.

친구에게 "친구 안녕" 하고 손을 흔들면서 살갑게 인사도
건넨다.

이제 잠시 헤어져야 할 시간….

"루다야, 엄마 아빠 갔다 올 테니까 놀고 있어. 알았지? 루다
빠빠이! 친구들이랑 놀고 있어!"

"오늘 따로 연락드리지 않으면 30분 있다가 오시면 돼요."

"네 알겠습니다."

헤어지고 남편과 대기하는데 남편 표정이 좀 씁쓸해 보인다.

"약간 눈치 보면서 소심하게 장난감 만지는 게
좀 짠하더라고…"

"그치, 이제 눈치도 봐야 되고. 첫 사회생활 시작이야."

"선생님들도 다행히 좋으신 분 같고 루다도 적응을 잘할 것
같애. 친구들도 딱 3명이라 선생님 한 분당 아이 3명을
담당하셔서 금방 적응할 것 같은데…
문제는 아이가 적응하는 것보다 우리가 적응해야 될 것
같은데?"

"그래. 엄마 아빠가 분리불안을 잘 견뎌내야 돼."

사람들은 아이를 어린이집에 보내면 첫날부터 자유시간이

생긴다고 생각하지만 그렇지는 않다.

오늘은 30분, 다음에는 1시간… 이렇게 적응 시간을

차차 늘려가는 거다.

보통 어린이집에 적응하는 데까지 3주에서 한 달 정도

걸린다고 하는데

아마 루다가 어린이집 다니는 여느 아이들처럼 생활하려면

한참 걸리지 않을까 싶다.

간만에 커피를 마시며 남편과 자유시간을 가지려고 하는데

역시 문자가 온다.

'그냥 오셔야겠어요... 우네요;;'

"운대. 그냥 오래."

긴급상황 발생!

이제 크나큰 난관이 예상된다.ㅎㅎㅎ

루다는 나를 보자마자 대성통곡을 한다.

"엄마가 잘 놀고 있으면 온다고 그랬잖아 루다야. 하하."

엄마가 말하거나 말거나 루다는 여전히 서럽다.

결국 루다를 포옥 안아준다.

어린이집 보내는 것도 쉬운 일이 아님을 경험한 하루.

아이가 막 울고 힘들어하는 모습들을 보면서 포기하는

엄마들도 많은 것으로 안다.

하지만 그 기간만 잘 넘기면 된다. 쉽지는 않지만.

다시 우리집으로 가는 길. 발걸음이 무겁다.

루다는 마냥 행복하다.ㅎㅎㅎ

어느새 어린이집에 열 번째 가는 날.

남편이 루다에게 말한다.

"루다야, 오늘 어린이집 가야 돼. 가서 친구들이랑
선생님들이랑 장난감이랑 재밌게 놀면,
아빠랑 엄마가 데리러 갈 거야. 그니까 우리
웃으면서 헤어지자 오늘!"

역시나 어린이집 가기 전 대성통곡하는 루다.
아빠는 루다를 안아들고 어린이집으로 향한다.

요즘 루다는 완전히 엄마 껌딱지다.
계속 울면서 나만 찾는다.
"엄마, 엄마!"
"좀 있다가 만나자. 안녕!"

어린이집 문을 닫고 나간 뒤 남편은 루다가 계속
우는지 궁금해서 잠시 귀를 기울였다.
루다는 조금 칭얼대더니, 이내 울음을 뚝 그친다.

"안 우네. 장난감하고 친구들 보니까. 뭐야, 에이."

오늘도 12시가 되어서 나와 남편은 다시 루다를 데리러
어린이집으로 갔다.
의젓하게 걸어 나오는 루다.

"우와! 오늘 안 우네?"
"으앙!!"
말을 꺼내자마자 루다는 거짓 울음 작렬이다. ㅋㅋㅋㅋㅋ

이제는 울지 않고 하원하게 된 루다.
그렇게 한 달 좀 안 된 26일째, 루다는 어린이집에 완벽하게
적응했다.

생각보다 더 빨리, 하루하루 성장해나가는 루다.
자랑스럽다, 내 딸!

하루종일 찡찡거리던 루다가 갑자기 나에게
말했다.
"엄마, 내가 많이 울어서 미안해."
"아니야. 엄마도 화 많이 내서 미안."
"괜찮아. 난 그래도 엄마를 사랑해."

루다야, 태어난 후로 처음 겪는 일이 많지?
엄마도 루다를 만나고 처음 겪는 일이 많아.
그래서 그만큼 서툴고 부족해.
그런 엄마를 사랑해줘서 고마워.

육아는 '템빨'이다?

　　'육아는 템빨이다'라는 말이 있다. 그만큼 기발한 아이디어가 반영된 육아 아이템들이 많이 개발되었고, 실제로 이것들은 육아의 고단함을 덜어주는 데 큰 역할을 한다. 내가 써본 것들 중 신박하고도 실제로 도움이 되었던 아이템들을 몇 가지 소개해본다.

첫째, 네일 트리머Nail Trimer. 네일 트리머는 아이 손톱을 자동으로 갈아주는 기구다. 아이의 손톱이 길게 되면 쉽게 얼굴에 상처가 생기기 때문에 손톱 관리는 필수다. 그렇지만 너무 연약하고 작은 아이의 손톱을 관리하는 일은 좀처럼 쉽지 않다. 네일 트리머의 경우 입구에 아이의 손톱을 넣으면 '지잉' 하는 소리와 함께 저절로 손톱을 갈아준다. (참고로 남편은 이 네일 트리머를 처음 썼을 때 감탄을 금치 못했다!)

둘째, 샴푸 모자. 비록 처음엔 루다에게 샴푸 모자는 쓰기보다는 가지고 놀고 싶은 장난감이라서 잡아 빼 바로 입에 넣었지만 그래도 "우우!" 하는 소리를 내며 재미있어 했기 때문에 생각보다 유용했다! 그러나 물이 잘 새는 제품도 있기 때문에 웬만해선 잘 벗겨지지 않는 제품을 추천한다. 물론 모든 것은 '사바사', '애바애'이기 때문에 아무리 노력해도 끝까지 샴푸 모자를 쓰지 않는 아이도 있다는걸 잊지 말자.

셋째, 수유 시트. 약해진 엄마의 손목을 보호함과 동시에 아이를 처음 안아보는 사람들이 몸에 들어가는 힘을 덜어줄 만한 아주 꿀 같은 육아템! 루다는 신생아 때부터 사용했기에 익숙해서 아주 오래도록 사용했으나 아이가 어느 정도 컸을 때 쓰려고 하면 아이가 불편함을 느낄 수 있으니 조리원에서 나와 집에 도착한 순간부터 추천한다.

넷째, 물티슈 워머. 봄, 가을, 겨울에 사용하기 유용한 제품인데 특히나 루다처럼 겨울에 태어난 친구들은 따뜻한 물티슈가 엉덩이에 닿으니 너무 좋을 거다. 차가운 물티슈가 엉덩이에 닿으면 깜짝 놀랐을 텐데 말이다.

다섯째, 온오프On/Off 기능이 있는 샤워기. 아이를 씻기다 보면

물을 잠시 잠가놓기도 해야 하는 상황이 있는데, 수전까지 왜 그리 멀게 느껴지는지…. 그렇기에 사용하지 않을 때도 물을 계속 틀어놓는 분들도 많은데 그러면 물이 너무 아깝지 않은가! 아이 키우다 보면 안 그래도 돈 나갈 곳 천지인데 말이다. 교체 가능한 필터도 함께 장착되어 있어서 더 좋았던 제품이다.

인터넷 검색만으로 쉽게 구할 수 있는 위의 육아템들로 많은 부모들이 육아를 하며 느끼는 고단함을 조금이나마 덜기를 바라본다.

행복을
이루다

루다와 함께한

시간 속에서 얻은

소소한 행복

2020

08.26.

wed.

루다는 까꿍 놀이를 좋아한다.

낮잠 재우기 전, 루다와 까꿍 놀이를 한다.

얼마나 놀았을까.

까꿍 놀이는 할 만큼 한 것 같은데

자려고 엎드리는 듯하다가도 카메라만 보면

신나서 다시 고개를 든다.

낮잠을 자고 일어나 얼굴이 퉁퉁 부은 상태에도

핸드폰만 들면 눈이 반짝반짝 시선 고정이다.

하여튼 카메라를 왜 이렇게 좋아하는지.

카메라 귀신 이루다.

온통 처음 겪는 일투성이인 루다.

앞으로도 너의 처음에 항상 함께할게.

삼척으로 가족여행을 왔다.

늦은 여름휴가다.

사람 없는 곳에서는 마스크도 벗겨주고,

루다 인생 첫 바다도 보여주며

냄새도 맡게 해주었다.

비가 오는 바람에 발은 못 담갔지만

그래도 좋은지 루다는 기쁨의 발길질 중이다.

바다에서 꼭 이렇게 사진을 찍어주고 싶었어.

소중한 내 딸.

강원도 고성으로 이동했다. 고성 중에서도 특히
사람들이 거의 없는 곳이라
마음 편히 놀 수 있다.
인생에서 해온 것보다
해야 할 것이 한참 많은 루다는
낯선 모래의 질감이 이상하게 느껴졌는지
막 울더니 이내 좋아한다.
바다, 파도, 바다 냄새, 그리고 모래사장.
그리고 처음 맡았던 바다의 냄새라든가,
처음 밟았던 모래의 촉감들을 너는 커서도
기억할까?

루다의 첫 친구 '서후'와 함께 간 문화센터.

갈 때는 보라색 옷 예쁘게 입고 출발하더니

문화센터에 도착해서는

웬 몸뻬바지와 가발을 쓴 '농촌룩'을 입고

고구마를 캐다 왔다. 푸하하.

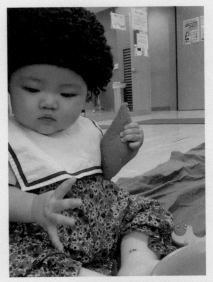

169

할로윈 기념으로 루다에게 콘셉트 사진을
찍어주고 싶어 준비했지만
소품과 옷 모두 늦게 오는 바람에 이제야 찍게
됐다.
오늘의 콘셉트는 가오나시, 아니 '루다나시'!
처음엔 꼬마 악마 콘셉트로 가려고
했는데 사진을 찍던 남편이 생각보다 너무
다크하게 나왔다며 바로 루다나시로 방향을
수정했다.ㅎㅎㅎ

아빠의 검은색 티셔츠를 잘라서 옷을 만들고
색종이를 잘라 물을 묻혀서 루다 얼굴에
붙여주니 루다나시로 변신 완료!

가오나시 옷은 손을 쓸 수 없어 루다가 한숨을
쉬며 슬퍼하길래
손 구멍을 뚫어주니 열심히 떡뻥을 집어먹는다.
루다야, 너 지금 볼이 이미 아주 빵빵해…ㅋㅋㅋ
루다는 신나서 엉덩이를 방방거린다.
"볼 봐. 하하하. 다른 애 같아!"
"그러니까. 푸하하."

참고로 이루다 양이 촬영 내내 간식을 먹었던 것은
〈센과 치히로의 행방불명〉에 나오는 가오나시 캐릭터를
소화하기 위해서라는 소문이…

루다야, 너의 인생 첫 할로윈 어땠어?

태어난 지 269일째.

개인기가 점점 늘어가는 루다.

짝짜꿍, 잼잼, 하이파이브, 안녕, 핑거스냅,

오리 꽥꽥 소리까지 따라한다.

할 줄 아는 게 많아진다는 건

그만큼 크고 있다는 것.

때로 시간이 너무 빨리 흐르는 것 같아 아쉽다.

조금만 더 느리게 컸으면.

그래도 너무 예쁘고 귀여운 우리 딸.

12.19.
sat.

세상에 태어난 지 317일째.

루다는 어제 인생 처음 '눈'이란 걸 만나보았다.

처음엔 울음을 떠뜨리더니,

남편이 루다 손에 눈을 뿌려주자

멀뚱히 쳐다보다가 조심스럽게 콕콕 찔러본다.

막상 만지고 나서는 신기했는지 자기 손에 묻는

눈도 한참을 들여다보았다.

이 귀여운 순간을 놓칠 수는 없다.

폴라로이드 사진에 루다의 모습을 소중히 담았다.

세 가족이 한 데 모여 크리스마스 트리를
만들었다.

새하얀 벽걸이형 모양의 트리.
불을 켜면 따뜻한 전구색으로 빛난다.
여기에 폴라로이드로 찍은 루다의 사진을 걸으니
트리 완성!

전구 불빛을 본 루다가 '우!' 하며 흥분한다.
반짝반짝 하는 불빛이 신기한가 보다.

"루다야, 우리 오늘 뭐 하는지 알아?
우리 크리스마스 파티할 거야. 재밌겠지?
코스튬도 입고 놀 거야. 우와~~!"
"꽈?"
옹알이하며 반응을 보이는 걸 보니 루다도 꽤
신이 나는가 보다.

자다 깬 루다의 얼굴은 퉁퉁 부어 있다.
루다야, 이제 크리스마스에 어울리는 코스튬을 해보자꾸나.

루돌프 코스튬을 입히는 남편의 손이 서툴다.
나는 나대로 코스튬을 입고 있는데, 루다가 결국 나를 찾으며
울음을 터뜨린다.

"마~ 음마~ 음마~ 음맘마…"
"어? 루다야, 저것 봐! 눈사람이 있어! 눈사람이 춤추고 있어!"
남편이 루다를 거실로 데리고 나온다.
거실에 있는 눈사람을 보고 놀라서 눈이 휘둥그레진 루다.

커다란 눈사람이 된 나는
꿈틀꿈틀 장난스럽게 몸을 움직여 본다.
루다를 웃게 하기 위해 최선을 다하고 있는 우리 부부.

"자, 저 눈사람한테 한번 가볼까?"
"루돌프야, 나 눈사람이야!"

한 번 더 나를 쳐다보던 루다가 뿌앵 울음을 터뜨린다.
손을 내어주니 엄마 손인 것을 확인하고 조금은 안심하는 것

같다.

눈사람, 아니 내 품에 쏙 안겨 있던 루다.
이번에는 저쪽 방에서 남편의 연기가 시작되었다.

"루다야, 살려줘! 루다야~"

아빠의 SOS 요청에 걱정되는 눈빛으로 아빠가 있는 방쪽을
쳐다보는데
산타에게 붙잡혀버린 남편이 나온다.

저런 코스튬은 도대체 누가 개발했는지, 정말 미치겠다.
푸하하!
유튜버하기 힘들다고 투덜투덜하면서 할 건 또 열심히 하는
우리 남편.ㅋㅋㅋ

포토존에서 아기 루돌프 입은 루다 사진을 찍는데,
남편이 "아이구~ 예뻐라!" 하니 '감사합니다' 라는 뜻으로
고개를 끄덕끄덕거린다. 하하.

크리스마스가 뭔지 아직 모르는 루다지만 빨간색 꼬마
산타복도 입혀본다.

사진 소품으로 활용할 오르골 워터볼을 갖다주니
눈이 반짝거리며 신나한다.

작년에 남편과 둘이 있을 땐 둘이서 루돌프 머리띠를 쓰고
스테이크를 썰던 기억이 난다.
그러다 루다가 찾아왔고 우리는 셋이 되어 함께 첫
크리스마스를 맞게 됐다.

루다의 눈물과 웃음,
갖가지 코스튬과 우리 부부의 웃음 소리,
온갖 따뜻한 불빛을 배경으로 찍은 사진 등으로 무사히
마무리된 우리 세 식구 첫 크리스마스 파티.
이런 경험들이 쌓이고 쌓여 루다의 크리스마스가 조금 더
행복하고 따뜻한 추억으로 기억되기를.

메리 크리스마스!

루다가 지그재그 모양으로 파진 틈을 활용해
나무블록을 이동하며 놀고 있다.
고사리손으로 만지작거리던 루다는 무조건
블록을 위로만 올리는데 직선이 아닌 지그재그
모양이라 어째 수월치가 않다.

주먹을 꾸~욱 쥐고 온몸에 힘도 준다. 얼굴이
점점 빨개진다.
자기 마음대로 안 되니 심술이 난 모양이다.
그러다가 "우⋯! 우우우우!!!" 하는 분노의 기합을
넣는다. 푸하하.

"루다 얼굴 빨개진 것 봐. 다시! 다시 도전해봐
루다야! 그렇지, 올라가자, 올라가자!"
웃음을 참고 응원의 말을 건네주었다.

아쉽게도 마지막 커브에서 블록을 떨어뜨려버린
루다. 그러자 턱을 뒤집듯 쭉 올리고는 두 팔을
마구 흔들면서 소리를 낸다.
분해서 씩씩거리는 건지,
아쉬움의 탄성을 내지르는 건지는 몰라도

'우우으으~~~' 하는 소리에서 이렇게 작은 아이의 선명한
감정이 느껴진다.ㅋㅋㅋ

루다는 장난감을 다시 보고는 분이 아직 덜 풀린 건지
팔을 다시 이리저리 휘저었다.
안 하겠다며 달라붙는 루다.

결국 분노의 나무블록은 실패로 끝났지만, 괜찮다.
기회는 많고도 많다.

루다야, 충분히 더 실패해도 돼.
아니, 지금은 오히려 더 많이 실패할 시기해야 할 때란다.
파이팅 이루다!

남편이 퇴근하고 집으로 왔다.

그런데 요즘 루다는 아빠가 퇴근을 해도

잘 반겨주지 않는다.

루다의 변심(?) 과정을 단계별로 설명하자면

대략 이렇다.

1. 초기: 나와서 반겨주기

2. 중기

① 마지못해 반겨주기

"아빠한테 안 올거야~? 이루다 아빠한테 안 올

거야?"

서운한 남편이 애원한다.

"아빠!"

"응…."

② 도망가기

"이루다… 왜 아빠한테 안 와…!" 서운함을

넘어선 서러움이 느껴진다.

"루다야, 왜 도망가?"

"왜 낯설게 쳐다봐. 흑흑."

3. 말기: 다시 나가라고 하기

"헤에? 왜, 왜 루다."

"꼬." 루다가 현관을 가리킨다.

"다시 나가 아빠? 아빠 다시 나가?"

루다는 다시 한번 현관을 가리킨다.

보다 못한 남편은 얼굴을 후드로 가리고 퇴근하지만

루다에겐 그저 낯설고 무서운 존재일 뿐.ㅎㅎㅎ

내가 한마디 거든다.

"루다야, 가봐! 아빠! 루다야, 아빠. 가봐!"

남편이 후드 모자를 벗고 목소리 톤을 높여서 루다를

부르는데,

후드 모자를 벗고 나타난 남편은 문밖에서 목놓아 루다를

부르고, 루다는 웃으면서 아빠가 서 있는 문쪽으로 달려간다.

드디어 성공한 건가!

문밖으로 나온 루다가 아빠한테 가나 싶더니

다시 엉뚱한 방향으로 달려간다.

루다야… 어… 어디 가니…?

그치만 품에 딱 한 번만 안기고는 버둥거리며 벗어나

다른 쪽으로 달려간다.

"루다야! 아빠 왔는데 아빠한테 뽀뽀 안 해줄거야?"

멀찍이 소파에 있다가 다시 아빠에게 온 루다.

드디어 남편은 루다의 뽀뽀를 받아내고는

싱숭생숭한 표정을 짓는다.

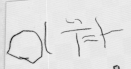

은 루다는 어디 갔던 거지? 흑흑.

! 돌아와줘!!!

엄마가 적어준
'이루다'를 따라 쓴
루다의 인생 첫 사인

햇살보다
더 눈부시게
웃어줘

오늘은 루다와 색깔놀이를 하는 날.

작은 접시에 물을 담고 빨간색 식용 색소를
한 방울 떨어뜨리자,
자리에 앉아 있던 루다가 눈이 동그래지더니
"우우!" 하면서 접시를 가리킨다.
나는 색깔 동요를 불러주며 젓가락으로
식용 색소를 풀어주었다.

"Red strawberries, Orange oranges,
Yellow bananas, Green apples,
Blue blueberries, Purple grapes"

내가 노래를 부르며 색색깔의 접시마다 색소를
뿌리자 루다가 "우와~ 우와!" 탄성을 지른다.
접시마다 작은 코인 티슈를 넣자 티슈가 순식간에
색을 빨아들이며 커지기 시작했다.

"우와, 점점 커진다 루다야!"
내가 말하자 루다는 더 신이 나서 "우! 우우우우!"
하고 기쁨의 소리를 지른다.

그리고 마지막 보라색은 루다가 직접 마무리했다.

그래. 그때는 뭐든 놀랍고 뭐든 신기할 때지.

마음껏 신기해하고 마음껏 경험하거라.

엄마 아빠가 적극 지원할 테니.ㅎㅎㅎ

날이 너무 좋아서 둘이 집 앞 공원 산책을 했다.
걷는 걸 너무너무 좋아하는 루다는 신이 나
혼자 우다다다 달려가려고 한다.

"루다 천천히, 조심조심!"을 계속 외치다가
중간중간 "엄마 손!" 하면
가만히 내 손가락 하나를 잡는 쪼꼬미.

안기도 조심스러웠던 아기가
언제 이렇게 커서 뛰어다니고 있을까.
언제 이렇게 커서 손 잡으라고 하면
내 손도 턱 잡을 줄 아는
말귀 잘 알아듣는 아이가 되었을까.
참으로 신기하고 뭉클한 순간이다.

우리는 지금 제주도 여행 중.

오늘은 애월로 해녀복 촬영을 하러 간다.

루다는 해녀 옷을 입을 예정!

날씨가 화창하니 좋다.

현재 루다는 인생 처음

킹갓뽀로로님을 알현하느라 정신이 없다.

엄청 심각한 표정.

태블릿이 뚫어지겠다, 뚫어지겠어.

"엄청 집중하고 있네? 세상 조용하다, 세상 조용해.

역시 뽀통령이야."

남편의 말에 나도 맞장구를 친다.

"응. 드디어 입문했네, 입문했어."

루다가 뽀로로에 정신없이 빠져 있는 동안

어느새 애월 도착!

바다 색이 참 예쁘다.

속이 뻥 뚫리는 하늘과 바다,

그리고 꽃을 가리키는 루다.

남편과 나는 그저 흐뭇하게 웃을 뿐이다.

루다가 해녀 옷을 입기 시작하는데,
사진 촬영을 시작하기도 전 울어제낀다.
아무래도 오늘 촬영은 험난할 것 같다….

이루다 하여튼 엄살이야 엄살!

남편이 루다가 좋아하는 녹음기를 들려주자
조금씩 울음이 잦아들지만 여전히 루다는 찡찡.
그 와중에 아기용 수경쓴 거 왜 이렇게 귀엽니 루다야.

"아유, 눈 정말 예쁘다!" 사진 촬영해주시는 분께서
눈물이 그렁그렁한 루다 눈을 칭찬해주셨다.ㅎㅎㅎ

"안녕? 난 소라라고 해. 나를 좀 안아주겠니?"
남편이 소라를 들고 말하자마자
루다가 답했다.
"우에에에에엥!!!"

"나 좀 안아줄래?"
남편의 두 번째 시도.
그러자 루다가 그제야
소라를 들어 귀에 갖다 댄다.

"오 맞아, 루다야! 귀에 대는 거야."
어린 것이 말을 알아듣는 게 어쩌나 기특한지.
처음 본 소라로 저렇게 자연스러운 포즈를 취하다니!

루다는 길에 앉아 촬영을 하면서도 계속 울었다.
그러다 지나가시던 할머니가 루다에게 말을 걸며
과자를 쥐여주신다.
루다가 과자를 보며 잠시 울음을 멈춘 틈에 한 장 찰칵!
휴, 이렇게 겨우 또 한 장 건졌다.

찡찡이 이루다가 촬영 내내 울어버리는 바람에
결국 촬영은 종료되었다…. ㅋㅋㅋ

낯선 제주 어딘가에서, 낯선 옷을 입고
낯선 소라를 들고 촬영하느라
수고 많았어 루다야.

나중에 나온 사진을 보니
어쩐지 생선 한 마리도 못 잡은
아기 해녀 콘셉트 같아서
웃음이 픕.

루다가 혼자 앉을 수만 있다면
나랑 목욕이 가능할 텐데,
아직은 아빠가 있는 이틀에 한 번씩만 가능하다.

목욕을 마친 환한 얼굴에 로션 발라줄 때가
제일 예쁘다. 아이 얼굴에 로션을 슥 묻혀놓고
카메라로 영상과 사진을 찍는다.
이런 거 너무 해보고 싶었어!

그간 우리 세 식구는 바닥 생활을 해왔는데,
쿠션 없이 바닥에서 생활하는 바람에
허리 통증이 도졌다.
효녀 루다는 내 아픈 허리를 두드려준다.
그 사이 남편이 퇴근하고 집에 와 이 장면을
보고는 흐뭇하게 웃는다.

"아이고, 우리 루다 효녀네!"
"푸하하하. 그러니깐."

갑자기 루다가 누워 있던 내 목에 앉더니 도무지
일어나지를 않는다.

"루다 일어나, 일어나." 루다가 도리도리를 한다.
"엄마 아픈데 목에 앉아 가지고 목을 조르면
어떡해? 어허!"
억지로 몸을 일으키려는데 루다가 울음을
터뜨린다.

아니 아픈 건 난데 왜 니가 울고 그러니….
엄마 머쓱하게…ㅎㅎㅎ

매일이 놀라움의 연속이다.

내일은 어떤 말을 할지, 기대되고 궁금한

하루하루.

검은색

주황색

파랑

Black

Orange

Blue

엄마만 알아들을 수 있는 내 아이의 말.

창밖을 보고 있는 루다.

"루다야~ 뭐해~? 비가 오고 있지?"

"네."

"저 나무 봐 바람 많이 분다 그지? 아빠랑 우비
입고 나가서 한번 놀아볼래?"

루다가 고개를 끄덕인다.

오늘 처음으로 신어보는 루다의 새 공룡 장화.
한쪽 장화를 신은 채로 일어난 루다는 발에서
느껴지는 감각이 이상한지 "어잉?" 한다.ㅎㅎㅎ
발이 쑥 들어가는 게 아직은 루다에게 약간
큰 사이즈다.

"쩜푸!"

"가서 우리~ 물 있는 데 가서 점프점프도 해보자."

"응!"

장화가 낯선 루다는 평소보다 훨씬 조심하면서
아장아장 걷는다.
루다와 재미있게 놀려던 남편은 막상 밖에 나가자
당황한다.

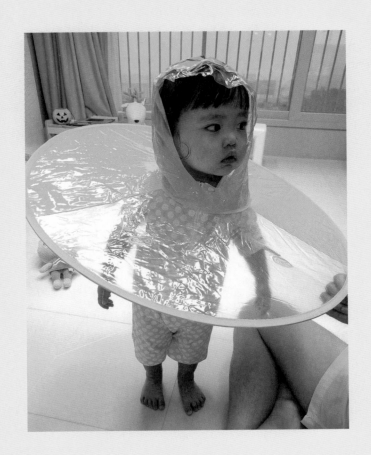

바람이 너무 세게 휘몰아친다.

"루다 놀 수 있겠어? 바람이 이렇게 부는데?"

루다의 표정에 걱정이 서린다.
그래도 루다는 놀고 싶은지 "놀까…?" 한다.
몸이 휘청거릴 정도의 강풍이 계속 불어온다.

남편이 루다를 달랜다.
"루다야, 좀 있다가 오후에 바람 잦아들면
그때 다시 나오자. 알았지?"

루다는 고개를 끄덕인다.
루다는 차근차근 설명해주면 이해해주는 아이다.
낮잠을 자고 일어났는데 날씨가 화창하게 개었다.

"루다야~ 우비 입고 밖에 나가서 웅덩이 가서 놀아볼래?"
"가보~자~!"

우비와 장화를 신고 나온 샛노란 루다. 뭘 하고 놀면 될까?
어리둥절한 표정이지만 금새 놀거리를 찾아낸다.
나뭇잎을 주운 루다~! 그게 뭐냐고 물으니 '나무'라고 한다.

주운 나뭇잎을 물웅덩이에 갖다 대며 '냠~냠~'한다.
루다는 나무에게 물을 줘야 하는 걸 알고 있다.
"이리 와봐 루다야, 여기 물 있어 물!"

남편이 첨벙첨벙 시범을 보이니 루다는 부동자세로
아빠를 보다가 자기도 점프를 한다.

루다야 커다란 물웅덩이에서 아빠와 함께 마음껏 첨벙거리니
얼마나 신날까.
오늘은 조금 더러워져도 돼.

어렸을 적 물웅덩이에서 시간 가는 줄 모르고 놀았던 기억.
그런 기억을 루다에게도 주고 싶다.

루다에게 주식 종목을 직접 선정하게 하고
주식을 사주기로 했다.

각각 50퍼센트, 30퍼센트, 20퍼센트라고 적혀
있는 세 바구니를 준비하며 남편이 루다에게
골라보라고 하자 갑자기 루다가 하는 말.
"떨어져떠…"
"응? 뭐가 떨어졌어?"
"나무…"
"휴 그치? 주식이 아니라 나뭇잎이 떨어진 거지?"

루다가 고른 20% 투자 종목은 'LG화학',
30%는 '삼성', 마지막 50%는 신기하게도
'SK하이닉스'였다!
남편은 마이너스의 손인데 루다는 마이더스의
손인가 보다.

루다의 주식계좌를 만들기 위해 은행에 갔다.
한 유튜버 분의 영상을 봤는데 요즘은 '돌잡이
매매법'이라는 게 있다고. 말 그대로 아이가
돌잡이를 할 때 주식을 잡게 하라는 말이다.

현금 가치는 시간과 비례해 떨어지지만 주식은
아이가 훗날 성인이 되고 주식을 열어보았을 때 그 가치가
훨씬 낫지 않겠냐는 말을 듣고 바로 루다의 손을 잡고
은행에 갔다. 신규 고객님인 루다는 시간이 꽤 걸렸다.
은행에서 주식 계좌를 만들고 집에 왔다.
현재 루다의 자산 총액은 100만 원이다.
그런데 막상 주식을 사려고 보니 LG화학은 너무 비싸서
나머지 기업 주식만 구매했다.

"어? 루다야 너 주스 맛있게 먹는다. 뉴욕 금융가에서
 바쁜 하루를 보낸 직장인 같아~"
남편이 또 실없는 농담을 던진다.
"어? 루다야 거래처에서 전화왔다. 받아보세요~"

루다가 "지, 금! 지, 금!"이라는 알 수 없는 말을 한다.
"루다야, 지금 주식 사라고? 어디 거 사?"
"까까."
"까까 거 사래? 그럼 농심 같은 거 사면 되나? 아님 오리온?"
"까까!"

주식의 지읏 자도 모르는 루다는 그저 요거트를 야무지게
 먹어치울 뿐이다. 푸하하.

어느덧 다시 돌아온 할로윈!

작년에는 가오나시랑 꼬마 악녀를 코스튬했는데,
이번에는 〈오징어 게임〉의 영희 콘셉트를 제대로
연출해보기로 했다.

루다야, 영희 옷 입고 엄마 아빠랑
"무궁화 꽃이 피었습니다~" 하려면
머리카락부터 싹둑해야지…?

빨간색 원피스, 노란색 티셔츠, 양갈래 머리,
그리고 바가지 앞머리까지 영희로 찰떡같이
변신 완료.

무궁화 꽃이 피었습니다 게임을 하다가 아빠가
움직여서 쓰러졌는데 쓰러진 아빠를 보더니
루다의 동공이 흔들리며 당황한 기색이 역력하다.
아빠가 아파하는 모습은 싫은가 보다.
다시 아빠가 눈을 뿅 뜨니 루다 입꼬리도 위로
슥 올라간다.

한바탕 무궁화 꽃이 피었습니다를 마치고

추억의 달고나 만들기 타임!

먼저 달고나를 만들며 시범을 보여주려는데…

"앗 루다야, 이거 먹지마! 먹으면 뺏을 거야!"

"뺐오!"

"아니야, 그냥 만지기만 하는 거야 루다야."

"만지기만!"

루다를 위해 자신만만하게 만들기 시작한 달고나.

그런데 순식간에 설탕에 불이 붙어 까맣게 타버리는 바람에

지옥에서 온 달고나가 탄생했다…

그렇게 할로윈 촬영은 아주 어이없게,

웃기게 끝나버렸다고 한다…

바깥을 보니 눈이 엄청나게 많이 내렸다.

루다는 토끼 털모자를 쓰고, 장갑을 끼고,
공룡 장화로 무장!
그런 루다가 너무 귀여운지 남편이 헤헤 웃는다.
"뽀득! 뽀득!" 눈 위를 걸으며 루다가 말한다.
"뽀득뽀득 소리나? 대단하다 루다~
그런 표현도 알아?"

루다는 몸을 수그려 땅에 있는 눈을
열심히 만지고 있다.
짹짹이 친구들도 만나고, 평화롭게 산책을 하던
와중에

루다의 불길한 말에 다시 뒤를 돌아보는 경진.

"…뭐라고?"
"먹었…떠요…."

후다닥 루다 곁으로 가 알려준다.
"먹으면 안 돼, 루다야. 눈 먹으면 배 아야아야해~

알았지?"

"손~씻어!" 루다가 눈을 쥐고 손을 비빈다.

"어~ 손 씻는 건 괜찮아!"

"괜~따나!"

"자, 여기서 아빠랑 여기서 놀아볼까?"

남편이 오리모양 눈집개를 매만지자 "루다가~ 루다가~" 한다.

"루다가 해볼 거야?"

남편이 루다에게 러버덕 눈사람을 만드는 법을 알려준다.
하지만 오리 모양 눈 집게가 망가져버렸다. 이게 왜 이러지.
너무 싸구려라서 그런가.

"잠깐만 기다려봐 루다야."

쪼그려앉았던 남편이 일어나는데, 루다가 집게를 만진다.

"꽥꽥꽥~" 루다가 오리 울음소리를 흉내낸다.

"루다야, 아빠는 오리를 준비했어 여기다가 놓으면~ 으랏차!
엥? 오리가 쪼개졌네? 아이…"

이게 아닌데. 루다 앞에서 아빠는 아쉬운 표정을 짓는다.

그걸 보던 루다가 아빠에게 "아빠, 미안해!" 하고 외친다.
"아빠 미안해? 아니야~ 하하. 아빠가 더 미안해."

오리 눈집개를 든 루다.
눈 집게를 들이밀면서 열심히 집중한다.
"됐다~!"

엥. 하나도 안 됐는데, 뭐가 됐다고 하는 건지.
하지만 재미있게 논다면 엄마는 그걸로 됐다.

그렇게 눈도 뭉치고, 눈사람도 만들며 겨울을 나는 루다.
더 크기 전에 더 마음껏 장난치고, 더 웃으며 뛰어다녔으면.

아침에 일어난 루다.

창문에 찰싹 달라붙어 "눈 벌써 왔네에~?" 하고
소리친다.

그러게 루다야, 눈이 왔어 루다야!

기분이 너무 좋은 루다는 유리창에 대고
뽀뽀를 한다.

루다의 100일 때마다 기념촬영을 해왔다.

오늘이 드디어 루다가 태어난지 700일이 되는
날이라 백설공주 콘셉트로 기념촬영을 하기로
했다!

루다를 위한 포토존을 만들고 있는데 루다가
보고는 "어머~ 어머! 어머~!" 하고 감탄하며
방에 들어온다.

언제 '어머'라는 말을 배웠담.ㅋㅋㅋㅋ

흥분한 루다는 잔디모양 카펫, 다람쥐 인형,
그리고 일곱 난쟁이 인형과 알록달록한 포토존을
가리키며 연신 질문을 쏟아낸다.

"누~구~야. 누구야~!"

"난쟁이야. 일곱 난쟁이."

"으잉. 으엥."

루다는 귀여운 다람쥐 인형만 소중히 안고 도망가서 찡찡댄다.

사람 모양 인형이 무서운가 보다. 무서운 게 아니라

친구들이라 설명해도 무서워한다.

"토끼랑 다람쥐랑 같이 사는 친구들이야."

남편이 달래자 루다가 "볼까? 가보자!"라고 말한다.

토끼다! 외치는 루다. 동물 친구들을 보고 잔뜩 흥분했다.

그래. 루다도 예쁜 옷 입고 친구들이랑 사진 찍자!

백설공주 드레스와, 백설공주 머리모양 캡을 씌우니

아기 백설공주님으로 변신!

"진짜 예쁘다 루다야!"

"공주님 같아 루다! 너무 예쁘다!"

남편과 나는 루다를 보며 연신 감탄했다.

이 사랑스러운 존재 같으니라구.

카메라 세트에 얌전히 앉아 있던 루다는 계속 옆에 진열된

난쟁이 인형이 신경 쓰이는지 곁눈질한다.ㅋㅋㅋ

215

계속 난쟁이 인형을 불편해해서, 하는 수 없이 사과로
루다의 눈길을 돌렸다.
사과를 만지작거리는 루다. 그래도 사진 찍는데
꽤 얌전한 편이다.
이제 사진 촬영에 좀… 도가 튼 건가? 푸하하.

루다가 한 손을 볼에 대고 꽃받침 포즈를 취한다.
A컷을 건지는 비법은 없다.
그냥 마구마구 셔터를 누르는 것 뿐!

드레스가 불편한 루다의 인내심이 사라져간다.
그래 벗겨줄게 루다야.
공주에서 다시 평범한 루다로 변신~!

"아빠는 평범한 루다가 더 이쁘다!"

이렇게 우리 세 식구만의 기념일을 만들어서 소소한 추억을
쌓는 일은 고된 생활을 버텨나가게 해주는 원동력이 된다.

"루다야, 오늘은 동물 보러 갈 거야."

"응! 물고기….."

"응, 가서 물고기도 볼 거야 우리. 염소도 있대."

"가보자!"

"응! 옷 입고 가보자."

농장에 도착하자 토끼와 염소가 보인다.

그런데 루다가 갑자기 울기 시작했다.

"왜? 무서워? 루다야 토끼인데? 토끼 귀엽잖아~"

남편이 루다를 달래며 말하자 루다가 어딘가를

가리킨다. 건너편에 새하얀 염소가 있다.

"저~기! 저~기! 우와…"

"우와, 뭐 보고 있어? 염소가 있지?"

루다에게 토끼 먹이를 주자고 해도,

아직 무서운지 자기 손에 쥔 당근을 땅에

던져버린다.

결국 내가 먼저 시범을 보이고, 남편이 루다를

안고 먹이주기를 시도하는데도

루다는 필사적으로 고개와 몸을 완전히

돌려버린다.

겁쟁이 루다, 토끼에게 먹이주기 실패!ㅎㅎ

내가 프레디독에게 당근을 주는데, 갑자기 루다가
"루다가!"라고 한다. 자기가 하겠다는 뜻이다.
남편과 나는 반가운 마음에 루다에게 토끼 때와 똑같이 당근
먹이주기를 부추기는데
이번에도 실패.

그러다 "우아아아아!" 하면서 햄스터를 보는 루다.
다행히 작은 동물들에겐 관심을 보인다.
"아가토끼들이 너무 귀엽다~"
아빠가 힘들게 아기 토끼 한 마리를 손에 쥐어 루다 앞에
보여준다.
"한번 살살 만져봐 루다야~"
루다는 아빠의 손만 톡톡 만진다.
밖에 있는 동물들을 만나러 갔을 때도 루다는 연신
무섭다고만 말한다. 동물을 책으로만 배운 결과인가!ㅋㅋㅋ
하지만 현실을 마주하는 것은 녹록지 않다는 것을 깨달은 것
같으니 그걸로 됐다. 하하.

우리 가족은 지금 호주 여행 중이다.

오늘 루다는 공주마마로 변신할 예정이다.

예쁜 녹색 저고리와 빨간색 치마를 입고

머리는 뒤로 예쁘게 땋았다.

지난번 여행지였던 하와이에 이어 시드니에서도

한복 알리기 성공!

한복 곱게 차려입고 시드니 오페라하우스로 고고!

오자마자 루다에게 사람들의 칭찬이 쏟아진다.

모두가 루다를 예뻐하는 모습을 보니

나도 기분이 좋다.

맑은 하늘과 멋진 배경 앞에 한복 입은

루다까지…! 너무 완벽하다.

시드니 오페라하우스를 떠나고 나서도

한복을 입은 루다는 어딜 가든 인기 폭발이다.

"Ruda, I love you so much!!"

갑자기 루다를 외치며 나타난 이탈리아

루팡 할머니도 만나고, 루다의 의상이 예뻐서

사진을 찍자고 하는 사람도 만났다.

루다는 평소에 할머니 할아버지와 친하게 지내서 그런지
갑작스러운 사진 요청에도 무서워하지 않고 윙크까지 해준다.

Part 3

아이의 훈육과 애정,
표현의 밸런스

　　　루다가 말을 하기 이전부터, 나는 이 아이가 말을 하지 못 할 뿐 모두 다 듣고 있다고 생각했다. 예를 들어 "루다야, 호랑이 책 가져오세요."라고 말했을 때 그 말을 알아듣고 실행하는 것을 보았기 때문이다. 그렇기에 처음부터 차근차근 설명해주려는 노력을 기울였다. (물론 이 부분은 아이의 성장 발달 속도에 따라 다를 수 있다. 다만 내 경우 루다만을 양육했기에 루다를 기준으로 글을 쓴다는 것을 밝힌다.) 일찍부터 이런 노력을 기울이면 그게 다 밑바탕이 되고, 나중에 아이가 자랐을 때 갈등 상황에서 이해력이 더 빠를거라고 생각했기 때문이다.

그리고 아이를 훈육하는 상황이 생긴다면, 아이가 내가 해주는 설명을 차분히 듣는 '능력치'가 쌓여야 한다고 생각했기에 루다에게도 이런 경험을 자주 가지게 해주었다. 그래서 그런지 나와 갈등 상황이 생겼을 때, 루다의 경우 또래에 비해 내 말을 차분히 잘 들어주는 편이었고 떼 쓰는 일도 많지 않았다. 떼를 쓰더라도 그 시간이 그다지 길지 않았다. 이러한 일이 가능했던 것은 아이마다의 기질 차이도 있겠지만 루다가 아주 어렸을 때부터 내가 말하는 것을 잘 듣는 태도를 가지도록 노력을 기울였기 때문이라고 생각한다.

그럼에도 불구하고 갈등상황은 언제나 생긴다. 그럴 때마다 나는 조근조근 하나하나 설명한다. 예를 들어 마트에 갔을 때 루다가 '인형이 사고 싶다'고 조르는 상황을 가정해 보자. 그럴 때마다 차분히 설명한다. "루다가 이 인형을 갖고 싶은 마음은 엄마도 잘 알겠어. 하지만 가지고 싶다고 해서 모두 가질 수는 없어. 루다야, 생각해봐. 우리집에 루다가 가진 인형들이 굉장히 많잖아? 만약에 루다가 새 인형을 데리고 집에 돌아가면 그 친구들이 모두 속상할 거야. '루다가 이제는 나를 사랑하지 않는가 보다'라고 생각할 수도 있겠지. 루다가 집에 있는 인형 '루루'의 입장이 되었다고 생각해봐. 진짜 이 인형이 가지고 싶은지 루다도 다시 한번 생각해보고, 그래도 가지고 싶다면 집에 있는 칭찬 스티커를 다 모았을 때 새 인형을 들일지 말지를 생각해보자."

내가 육아 전문가가 아니기에 이 대화 속에도 오류는 존재할 수

223

있다. 다만 루다의 엄마로서 루다의 타고난 기질이나 특성을 잘 알고 있기에 루다를 기준으로 이끌어나간 대화이므로, 결국은 아이가 가진 성격, 우리 아이만이 가지고 있는 기질 등을 부모가 평소 잘 관찰하고 체계적으로 파악하는 것이 중요하다. 세상 그 어떤 전문가도 나만큼 내 아이를 잘 알지는 못하기 때문이다.

물론 나도 힘들거나 지칠 때는 참지 못하고 버럭 화를 낼 때도 있고, 설명 같은 건 하고 싶지 않아서 큰 소리를 낼 때도 있다. 그러면 안 되는 걸 알지만 중요한 건 처음부터 완성된 부모란 없고, 양육자도 '감정을 가진 인간'이기 때문이다. 이런 상황이 발생했을 경우 반드시 루다에게 사과를 한다. 화를 낸 직후이든, 루다가 잠들기 전이든 말이다. "엄마가 아까 화내서 미안했어. 그러면 안 되는 걸 아는데 엄마도 힘이 들었거든. 오늘 같은 날이 다시 올 수도 있어. 하지만 엄마가 앞으로는 그런 상황이 오지 않게 최대한 노력할게. 이건 약속할 수 있어."

멀리 있으나 가까이 있으나, 애나 어른이나 상관없이 진심은 닿는 법. 애정을 주는 것도 중요하지만 그만큼 훈육과의 밸런스를 맞추는 일 또한 중요함을 잊지 말자.

you are my
sunshine

my little Ruda

사랑을
이루다

너에게 다시 배운

사랑의 의미

루다가 태어나며 우리는 가족을 이루었고,

소소한 행복을 이루었고,

한 번도 경험해보지 못한 '사랑'을 이루었다.

루다와 함께한 일상은 매 순간 처음이었고,

말로 다 할 수 없을 만큼 매 순간이 새롭고

놀라웠다.

지금도 우리는 매일 그렇게 처음 겪는 사랑의

방식을 경험해가는 중이다.

2020

07.10.

fri.

우리 집 귀염둥이.

한쪽 쌍커풀이 없어지기라도 하는 날은

짝짝이 눈이 된다.

웃기면서도 어찌나 사랑스러운지.

2020

07.14.

tue.

잠든 루다를 바라본다.

우리 루다 푹 자고 아침에 일어나면,

엄마한테 햇살보다 더 눈부시게

웃어줘.

루다를 낳고 알았다.

내가 누군가의 두피에 **뽀뽀**할 수 있다는 걸.
쉬는 날이면 낮 12시, 1시까지 자던 내가
2시간마다 깨고, 잠을 못 자도 버티고,
아침 6시에도 눈을 번쩍 뜰 수 있다는 걸.
누군가의 토를 손으로 받고
똥도 만질 수 있다는 걸.
7킬로그램짜리 아이쯤은 한 손으로 번쩍
들어올려 안을 수 있다는 걸.

내가 할 수 있는 게 생각보다 더 많았다는 걸
루다를 통해 앞으로 점점 더 많이 알게 되겠지.

노 메이크업에 살은 찌고, 머리는 잔디인형마냥
부스스하다.
꼴이 말이 아니지만
그렇다고 화장하고 외출한 날만 사진 찍으면
루다와의 예쁜 순간이 함께 기록되는 날이
별로 없을 것 같아 찍어보는 우리의 사진.

11.06.

fri.

어제 처음 루다가 제대로 "엄마"라고 말했다.
전에는 발음이 정확하지는 않아
"으으으으으으음마" 이런 식이었는데
발음이 꽤 정확해졌다.
오늘은 "아빠"라는 말도 성공했다.

무어라 표현할 수 없는,
알 수 없는 그런 감정이 든다.

오늘은 우리 가족 풀빌라로 놀러가는 날.
루다가 첫 수영을 하는 날이기도 하다.
그런데 낮잠을 못 자서
오늘 루다의 컨디션이 영 별로다.
불편한지 울음 섞인 소리를 지른다.

남편도 나도 혼이 쏙 빠져서
선크림도 차에서 바르고
머리는 차 타고 나서야 겨우 묶었다.

서울을 벗어나 달리다가 가평에 있는 한 카페를
들렀는데 손을 입에 넣고 미동도 하지 않은 채
잠들어 있던 루다가 비몽사몽 눈을 뜬다.
자기가 보지 못했던 신기한 것들이
눈앞에 펼쳐지자 루다의 옹알이가 폭발한다.
루다의 모습이 너무 귀여워
남편과 함께 키득거렸다.

브런치로 배를 채우고, 사진도 좀 찍고 다시 달려
풀빌라에 도착했다.
첫 수영이라 수영복을 입히려고 하는데 루다가

자꾸만 도망간다.ㅎㅎ
"어디 가, 루다! 이리 오세요. 엄마가 루다 잡으러 간다~"
루다는 결국 나한테 잡혀 환복을 한다.

루다는 루다 나름대로 계속 울음 시동을 걸려고 하지만
엄마 아빠가 여기저기서 새로운 것들을 입히고 씌우는 바람에
정신이 팔려 결국 우는 걸 까먹었다. 푸하핫.

물에 발을 담그자 루다가 깜짝 놀란다. 잔뜩 긴장한 표정이다.
남편이 루다를 안고 물에 다리만 넣었다 뺐는데,
으엥 울음을 터뜨렸다.
발이 닿지 않아서일까? 욕조가 아닌 낯선 곳이라 그런 걸까?

계속 불안해하고 무서워하길래
조금 더 적응하는 시간을 주기로 했다.
수영장 바닥에 손을 뻗은 루다가 손으로 찰박찰박 물을
튀겼는데 물 한 방울이 루다 눈 안으로 들어가버렸다.
놀란 루다가 다시 아빠한테 매달리며 운다.

남편이 루다 볼에 입을 대고 푸르르~ 바람을 불자
루다가 금세 웃는다.
루다가 웃으니 아빠도 웃고, 그걸 보던 나도 웃게 된다.

그렇게 서서히 적응을 완료한 루다는 혼자서도 튜브를 타고
한동안 신나게 놀다가
문득 배가 고팠는지 폭풍 먹방을 선보이더니 금방 잠들었다.
어쨌든 루다 첫 수영 성공!

이것저것 준비할 게 많은 요즘.

다가오는 크리스마스도,
다가오는 2021년 새해도,
루다의 돌 촬영도 드디어 예약하고
하나하나씩, 차곡차곡 준비하는 중이다.

'나의 첫 번째 크리스마스' 옷은
루다가 현재 9킬로그램이라서 라지를 입혔더니
소매 쪽 한 단만 접으니 딱 맞았다.
문제는 100장을 찍었는데 딱 1장만 건졌다는 거.
루다 최애 간식 떡뻥을 줘도 이젠 찍기 힘드네….

2020

11.28

sat.

오늘은 팔로 '사랑해'를 표현하는 동작을
습득했다.
팔이 짧아 하트가 요상한 모양으로 만들어졌지만
그게 어떤 모양이라도 담긴 마음이 '사랑해'라면
됐지 뭐!

엄마와 둘이 보내는 일요일.

'뽀뽀'를 배운지 2주정도 됐는데

"뽀뽀!"라고 하면 이렇게 자기 볼을 대거나

이마를 갖다 댄다.

애착인형 루루한테도 뽀뽀를 해준다.

친구들에게도 열심히 뽀뽀하고 다닌다.

어쩐지 괜히 가르친 것 같은데…

퇴근해서 딸에게 먹일 사과를 숟가락으로
정성스레 긁어주는 루다 아빠.
넙죽넙죽 받아먹는 아기새 같은 루다.

아빠새랑 아기새.
아침부터 둘의 모습이 환하고 예쁘다.

243

작디작던 너의 발,

언제 이렇게 크고 통통해졌느냐!

여러 가지 기분이 든다.

턱까지 오던 나의 단발머리는

어느덧 가슴까지 자랐고

루다는 세상 밖으로 나와 무럭무럭 자라고 있다.

돌아보면 참 소중한 시간인데

잠깐씩 잊고 너에게 화도 내고

'안돼'를 입에 달고 사는 엄마가 되었네.

앞으로 그러지 않겠다고는 못 하겠지만

처음 그 마음 잊지 않고 노력할게.

내 귀염둥이 복덩이 열무♡

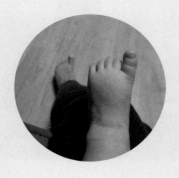

12.22.   오늘은 루다를 위한

wed.   크리스마스 이벤트를 준비했다.

거창한 이벤트는 아니고,

남편이 산타로 변신하는 것!

혹시나 루다가 무서워할까봐 크리스마스 전부터

계속 산타에 대해서 이야기해주었다.

남편은 혹여 자기를 못 알아보거나

무서워하면 어쩌나 계속 염려하고 있다.

드디어 산타 변신 완료!

남편이 초조한 표정으로 말한다.

"떨리네, 내가 떨려…."

그 시각 루다는

나와 함께 스티커를 가지고 놀고 있다.

문이 열리는 소리가 들리고, 루다가 자리에서

벌떡 일어났다.

"아빠다! 아빠? 아빠다~!"

"아빠야~?"

"어~"

현관으로 도도도 달려가는 루다.

그런데 현관에 서 있는 새빨간 남자를 보자마자 뒷걸음치며

나에게 와 안기며 산타를 경계한다.

"루다 인사해야지. 엄마도 했잖아. 루다도 인사!"

"이 집에 선물을 줄 아이가 있다는데…."

"맞아요!"

"제가 잠깐 들어가도 되겠습니까?"

"할아버지 잠깐 들어오시라고 할까?"

"아니야!"

"너무 춥습니다…."

"할아버지 추우시대 루다야~"

산타 할아버지는 루다와 친해지기 위해 캔디를 준비했다.

뽀로로 비타민 사탕을 들고 바스락거리는 경진산타.

"크롱이 비타민 사탕인데~!"

순간 루다의 눈이 반짝 떠진다.

"여기다 놔둬야겠구나~ 우리 루다 주려고!"

막상 상자를 내려놓으니 루다가 다시 눈을 감는다.

남편은 마지막으로 선물을 꺼내 흔든다.

"이게 뭐지? 루다야~"

"루다야, 할아버지가 선물을 주셨어. 가까이 와서 봐봐!"

하지만 루다는 선물에도 전혀 관심이 없다. 남편은 하는 수 없이 선물을 앞에 놓고 거리를 두었다.

루다의 크리스마스 선물은 어린이용 카메라!
내가 톤을 높여 말한다.

"루다가 엄마 아빠처럼 찰칵찰칵할 수 있는 카메라야!
어때? 진짜 예쁘다. 엄마가 켜볼까?
정말 찰칵찰칵할 수 있어! 오, 찰칵했다!"
"으에에엥…."
"으응, 루다 무서워?"

결국 놀이방에서 나온 남편이 루다에게 직접 말을 건다.
"너무 슬픕니다. 루다 어린이, 제가 왔다는 건 아빠한테 얘기하면 안 됩니다. 약속이에요."
"으에에에엥~ 에에에에엥!!!"

결국 울음이 터진 루다. 그렇게 경진산타는
빠르게 후퇴했다고 한다.ㅋㅋㅋ

249

"겁~쩡~이!"

"겁쟁이야?"

"응."

"누가 겁쟁이야?"

"루다!"

"루다 겁쟁이 아니야~! 산타 할아버지 처음 봐서 그런거야."

"없…떠…!"

"산타 할아버지가 왔다 갔으면 저기 양말에 선물 있는지 볼까?

가보자! 열어보자! 있어?"

루다는 대충 안을 더듬어보고 없다고 한다.

남편은 양말을 주물러 바닥에 가라앉은 선물을

발견하기 쉽도록 위로 올려준다.

"응? 없어? 다시 볼까? 봐봐 다시!"

"업떠!"

"다시 봐봐 여기~"

드디어 선물을 발견한 루다!

찰칵찰칵 소리를 내며 카메라를 주물럭거린다.

남편이 슬쩍 물어본다. "고맙습니다~ 해야지. 행복해?"

고개 숙여 인사하며 동시에 "응!" 대답하는 루다.

남편과 내가 준비한 핑크퐁 선물도 함께 안겨주니 루다는 신나서 아기상어 노래를 부른다.

어쨌건 끝이 해피엔딩이니 성공한 건가? 푸하핫.

"이럴 땐 뭐라고 얘기해야 되죠? "

"감사합니다~"

"맞아. 하하."

"루다는 아빠엄마의 어떤 딸?" 남편이 내심 기대하며(?)

물어본다.

"소~듕~해."

"맞아요. 엄마 아빠의 무슨 딸?"

"소중해! 딸!"

응 맞아, 너무나 소중한 우리 딸.

지금 내 기분처럼, 루다에게도 이번 크리스마스가 따뜻하고

몽글몽글한 기억으로 남길 바랄 뿐이다.

"루다야 우리 어디 가는지 알아?"

"어디~?"

"어디 가냐면, 꽃 보러 갈 거야, 꽃!"

"꽃!"

루다가 제일 처음 만난 것은
하얀색 장미.
"빼~ 빼~" 하던 루다, 이 꽃은 '예쁘다~' 해줘야
한다고 알려주니 꽃을 쓰다듬고 지나간다.
다음 꽃은 루다와 잘 어울리는 캐모마일.
꽃을 향해 '예쁘다~' 해주는 루다의 손짓이 조금
세차다.
하지만 루다야, 꽃은 아주 예쁜 대신 약해서,
그렇게 세게 흔들면 아야 한단다.
걷다보니 드디어 나타난 드넓은 라벤더 꽃밭!
루다는 태어나서 처음 보는 드넓은 꽃밭이다.

아빠가 쥐여준 보리 줄기를 들고 신나서
종종거리면서 걷는 루다가 왜 이리 귀여울까.
루다는 꽃들을 이리저리 구경하더니
아예 자리를 깔고 구경하기 시작한다.

"루다가 노란 꽃에 꽂혀버렸어." 남편이 말한다.
순간 꽃을 뜯어버린 루다!
"뜯으면 안 돼!" 엄마 아빠가 동시에 단호하게 말하니
루다가 순간 굳어버린다.

날이 더워 남편과 루다와 그늘 아래 벤치에서 조금 쉬는데,
루다는 바로 일어나 꽃구경하러 가버린다.
그래. 실컷 놀아라, 루다야.

"애들은 자연 속에서 뛰어다녀야 예뻐."
"그러니까."

너무나 더운 날씨.
초록초록 자그마한 나무숲 안에 있으니 시원한지
어느새 루다도 멍 때리고 있다. 시원하지 루다야?

Part 4

기저귀를 갈기 전 루다 입술을 들춰

앞니를 보았다.

앞니 옆에 난 이는 앞니보다 뒤에 있는데,

아무래도 덧니가 될 것 같다.

기저귀를 갈자마자 다시 응가를 하는 바람에

다시 가는데, 어찌나 자지러지게 우는지….

루다 기저귀를 갈 때 움직이지 말라고 핸드폰을

줬는데, 보다가 핸드폰을 얼굴에 떨어뜨렸다.

내 모습 보는 줄…ㅎㅎㅎ

루다는 서럽게 엉엉 울면서 아빠에게 찡찡거린다.

장난기 많은 남편이 한마디 한다.

"근데 별로 안 아픈데 우는 것 같아."

"우리도 다 그래 루다야."

"루다야, 너 이름이 뭐니?"

"앗~웃따!"

"'앗~웃따'야?"

"앗…웃따!"

"루~다잖아."

"으루~다!"

"그렇지. 다시 한번! 너 이름이 뭐니?"

"아웃~따!"

아직 말이 서툰 루다가 발음할 수 있는 자신의 이름은
'아웃~따'다.
'아웃~따'야, 너 그거 아니?
오늘 네 덕분에 아빠 엄마의 하루는 순식간에
지나갔단다.ㅋㅋㅋ

요즘 루다는 심부름 연습에 한창이다.
오늘치 심부름은 기저귀 쓰레기통에 버리기와
물티슈 식탁에 놓기.
그리고 마지막 심부름은 의자 위 가방에
방수 패드를 넣는 고난도 미션.

작은 발로 아장아장 걸어 야무지게 심부름을
끝내는가 싶더니 마지막 심부름은 가방이
어디 있는지를 몰라 어리둥절하며 헤매고 있다.

결국 의자 앞 바닥에 방수 패드를 내려놓는
것으로 마무리를 하려는 루다를 보며
남편과 나는 피식 웃음이 새어나온다.

루다에게 자장가를 불러주려는 남편. 노래를
부르는데 루다의 표정이 심상치 않다.
점점 울먹울먹 하더니 찡찡 울어버린다.

"루다야, 이 노래 싫어?" 남편이 물었더니
"또!"라고 답하는 루다.
"또? 으하하. 루다 울고 싶어 오늘? 또 불러줘?"
눈물이 그렁그렁한 눈으로 루다가 고개를 끄덕인다.

"잘 자라, 우리 아가 (…) 새들도 아가양ㄷ…
악! 왜 깨물어! 루다 니가 불러달라며!"

참으로 알 수 없는 아가의 세계.
아니, 알 수 없는 이루다의 세계.

루다가 자러 들어갈 때면 항상 나와 인사를 한다.

"루다 잘자~ 아침에 보자. 사랑해."

"따~해~~"

루다가 큰눈을 굴리며 하염없이 창밖을 바라본다.
저 작은 머리로 무슨 생각을 하고 있을까?

"루다야. 오늘은 나무들이 어때~?"
창밖을 쳐다보던 루다가 양손을 펄럭거린다.
"춤추고 있어?"

오늘은 나무들도 기분이 좋은가보다 루다야.
그치?

분리 수면을 시작했다.

루다는 자기가 눈을 떴을 때 방 안에

엄마도 아빠도 없으니

항상 울면서 깨어난다.

오늘은 새벽에 깼기에 다시 재우며 오랜만에 같이

잠들었는데,

아침에 눈을 뜨니 날 바라보며

생글생글 웃고 있다.

"루다야, 아침에 일어났는데 엄마가 네 옆에

있으니 좋아?"

"행복해."

'행복해'라니…

분리수면 하지 말고

그냥 품에 쏙 끼고 데리고 잘까…? 흑흑.

보름달이 뜬 밤.

"우리 달 보러 갈까, 루다야?"

남편이 루다에게 말한다.

하늘에 떠 있는 커다란 보름달이 루다는

마냥 신기하다.

"우와~!!"

"달 봐봐 루다야~"

"귀여워!"

"귀여워? 달이 동글동글한 게 루다 눈동자 같지?"

"눈… 예뻐."

"예뻐?"

"예뻐."

루다의 보름달 같은 눈동자를 품은 밤도 이렇게

지나간다.

오늘은 크리스마스를 맞이해 트리를 사러 갈 거다.
"나는 한 달 정도면 충분하다고 생각했는데
벌써부터들 다 트리를 사셨더라고~"
남편이 말한다.

고속버스터미널 꽃시장에는 재고가 남아있을까,
루다에게 꽃을 보여줄 겸 함께 향한다.
터미널에 도착해서 주차장에서 내리자마자
손을 머리 위로 들고 우다다 달려가는 루다를
보고 어이없이 웃음이 터졌다.

안으로 들어가자 벌써부터 크리스마스 분위기로
반짝반짝 조명들이 빛나고 있다.
알록달록한 꽃들 사이를 오가다 보니 루다가
'빼 빼 빼~!' 하며 꽃들을 만지려 한다.
"루다야 아니야~" 남편이 루다를 막고 바닥에
떨어진 꽃잎을 주워 들려준다.
루다는 버리는 꽃들이 쌓여 있는 곳에서 꽃을
줍느라 여념이 없는데
꽃집 사장님이 놀라서 손을 닦아야 한다고,
생화에는 농약을 쳐놓은 경우가 많아서

더럽다시며 루다의 손을 물티슈로 닦아주었다.

사장님은 결혼식장에 있는 꽃도 만지면 안 된다고 알려주셨다.

자, 이제 어떤 트리를 살까?

"루다는 빨간색이 좋아 황금색이 좋아?"

"빨~간~색!"

그렇지. 역시 크리스마스는 빨간색이 좀 들어가줘야지.

우리는 루다가 픽한 빨간색 장식을 사기로 했다.

장식을 구경하려고 아빠를 막 미는 루다.

그러다 빨간색 사과 장식을 품에 꼭 안고는 손사래를 친다.

"그럼 일단 루다가 갖고 있어~"

바구니를 한켠에 놓아두자 루다가 '바구니~ 바구니~' 하며

장식을 집어 옮긴다.

사과에 꽂힌 루다는 사과 장식만 열심히 옮긴다.

"루다야 재밌어?"

"재미떠!"

"루다야, 이게 트리라는 거야."

"트리!"

"어~ 트리에다가 이걸 주렁주렁 매달아서 예쁘게

꾸미는 거야."
"꾸~미~는~거~야~"

트리를 본격적으로 꾸며보려니
나사를 가져가 자기 거라고 하는 루다.
"루다야 뽀로로캔디랑 바꾸자!"
자꾸 "내꺼야~" 하는 루다를 어르고 달래서
트리를 조립했다.

"나무다~"
"나무가 됐어 그치?"
"반가워~!"
트리 장식을 하다 보니 장식품이 엄청 많다!
노동(?)을 하는 우리는 안중에도 없이 루다는
"우와 많다~~~!" 하면서 즐거워한다.ㅎㅎㅎ
사과모양 장식 두 개를 양쪽 귀에 대고
전화 놀이를 시작한 루다. 누구랑 통화하고 있냐고 물으니
아빠와 통화를 하고 있다고 한다.

효율적인 설치를 위해 철저히 분업을 했다. 남편은
LED전구를 설치했고, 나는 실에 공 장식을 엮어서 걸었고
루다는 고사리손을 꼼지락거리며 오너먼트를 열심히

나무에 달았다.

하나 둘 셋 하고 트리의 불빛이 켜진다.
벌써 연말같은 기분! 몽글몽글 설렌다.

세 가족 모두 힘을 모아 만든 트리.
그래서 기분이 더 좋다.
루다도 "예~뻐!" 하며 만족스러워 한다.
올해 크리스마스도 따뜻하고
재미있게 보낼 수 있겠구나.

"아빠 춥냐고!"

"어, 아빠 추워. 이불 좀 갖다줘!"

"그래! 갖다줄게!"

갑자기 체력이 떨어진 아빠.

잠시 눈을 붙이려는 아빠를 위해 루다는

이불을 가져온다.

루다 이불을 가져오겠거니 생각했는데

자기 몸보다 커다란 어른 이불을

낑낑 용을 쓰면서 가져와 덮어준다.

효녀 루다.

"아이고 우리 딸 최고다 우리 딸 최고야~!"

"아빠 잘 자."

"재밌게 놀아!"

"응~"

루다는 문을 닫으려다가 갑자기 문을 다시

벌컥 연다.

"아빠 생일 축하하니까 풍선 줄게!"

그러고는 누워 있는 아빠에게 아기상어 풍선을

들려준다.

"응~ 고마워~"

"응~ 잘 자~"

갈 땐 가더라도 굿나잇 뽀뽀는 필수다.

입술을 '우' 모으고 아빠 볼에 뽀뽀 쪽.

아빠를 덮은 이불 위를 손으로 탁탁 치고 가는 것도

잊지 않는다.

루다 나름의 토닥토닥이다.ㅋㅋㅋ

"잘 자 아빠! 그리고~ 꿈 잘 꿔~~!"

"응~ 잘 가!"

드디어 문이 닫혔다. 남편이 배시시 웃는다.

05.14.

sun.

오늘은 재미있는 촬영을 했다.
우리 부부가 약 80세가 된 모습을
미리 볼 수 있는 시간 여행을 떠나는 것!
타임머신이 없어서 할 수 없이
메이크업의 힘을 빌렸다. 으하하.

촬영 직전까지 서로의 얼굴은 비밀.
남편은 "내가 울어야 유튜브 각이 나온다"며
실없이 농담을 한다.

각자 준비를 마치고
우리 사이에 있던 천이 걷히는 순간
처음엔 각자의 모습을 보면서 웃다가
예상했던대로 결국 눈물이 터졌다.

요즘 남편과 참 많이도 싸웠는데
늙어버린 서로의 얼굴을 보니
왠지 부질없게 느껴지기도 하고,
뭉클하기도 하고….

보통의 경우 스튜디오에서 바로 분장을 지우고

간다는데 우리는 루다의 반응이 궁금해 친정으로 갔다.
할머니, 할아버지가 된 우리를 본 루다는 어떤 반응을 할까?

방에 앉아 안경과 목소리까지 완벽하게 연습한 후
루다를 기다렸다.
보자마자 낯설어하면서도 안녕하세요, 감사합니다 등
인사는 야무지게 하는 루다.
결국 울음을 터뜨렸고 루다는 끝까지 우리를 알아보지 못했다.
우리가 루다에게 선물도 주고 마이쮸도 주며 따뜻하게 대하자
굳은 표정으로 우리에게 안겼다.ㅋㅋㅋ

"루다는 누구 닮았어?"
"엄마 아빠…."
"할머니 할아버지는 누구 닮은 거 같애?"
"엄마 아빠…."

네일한 걸 보고 들킬까봐 장갑을 끼고 있었는데,
장갑을 벗자 눈썰미 좋은 루다는 그제야 서럽게 울며
내 품으로 왔다.

"엄마 아빠가 할아버지 할머니 모습으로 계속 있으면
어떻게 될 거 같애?"

"시러."
"근데 엄마 아빠도 계속 나이를 먹고
 할머니 할아버지가 되는 거야."
"그럼 엄마 아빠도 아프면 하늘나라 갈 거야?"
 또박또박 야무지게 던진 질문에 우리는 그저 눈물만 흘렸다.

언젠가, 아주 먼 훗날 엄마 아빠가 진짜 할머니 할아버지가
되면 우리 수다쟁이 루다 또한 누군가의 엄마가 되어 있을
수도 있겠다, 그치?
시간은 때로 너무 빨리 지나가.
우리 루다가 쑥쑥 자란 것처럼.

금액을 넘어 우리 부부에게,
또 루다에게 참 의미 있는 시간이었다.
루다야, 엄마랑 아빠랑 지금 이 순간을 소소하게,
행복하게, 재미있게 살자.
우리가 세상 무엇과도 바꿀 수 없는 소중한 존재, 이루다.
엄마 아빠가 우주만큼 사랑해.

277

'처음'을 존중하는 마음

루다를 만나고 세 식구가 되면서 아이라는 존재에 대해 많은 시선들이 바뀌었다. 먼저 육아의 고충을 겪는 당사자가 되니, 많은 사람들이 아직 성장 중인 아이에게 조금 더 관대한 마음을 가지려고 한다면 더 좋지 않을까 생각하게 된다.

공공장소에서 아이가 울거나 이리저리 뛰어다닐 때 과거의 나, 혹은 일부 사람들은 일단 귀를 막거나 얼굴을 찌푸릴 것이다. 나도 사람들에게 피해를 주기 싫어 이 부분에 대해서는 루다에게 차분히 설명해주며 단단히 강조를 하기도 한다. 그렇지만 어린아이는 다른 이들이 느끼는 감정을 아직 모른다. 자신이 하는 행동이 '다른 사람들에게 피해를 줄 수 있다'거나 그릇되었음을 아예 인지하지 못하는 상황인 것이다.

아이가 태어날 때, 태어나는 그 순간 아이 스스로 엄청난 충격을 견딘다고 한다. 그도 그럴 것이 따뜻한 양수 속에 편안하게 잠겨 있다가 갑자기 외부의 힘에 의해 '꺼내지는' 경험은 충격 그 자체일 것이다. 그렇기에 아이들은 낯선 사람이나 낯선 환경에 유독 민감하다. 처음 육아를 시작했을 때 모든 게 서툴고 부족했듯 아이도 아직 겪지 않은 일이 더 많기 때문에 울기도 하고, 자신이 경험하는 그 모든 것이 새로워 이리저리 눈망울을 굴리며 뛰어다니기도 한다. 그렇기에 내 경우 루다에게 최대한 새로운 경험을 제공해주려고 내가 할 수 있는 선에서 최대한 노력했다. 아마 육아의 고충을 겪는 대부분의 부모들도 그럴 것이다.

'당신도 초보였다'라는 초보운전 안내 문구가 생각난다. 누구에게나 처음은 존재한다. 무조건적인 이해를 바라는 것이 아니다. 기본이 되어 있지 않은 사람들의 몰상식한 행동으로부터 각종 '혐오'들이 발생하고 있는 것임을 잘 알기 때문이다. 다만, 서로를 조금만 생각하고 배려하면서 보다 많은 사람들이 아이의 '처음'을 받아들이고 존중해주는 마음을 가진다면 어떨까 조심스럽게 생각해본다.

Ruda's family

사랑하는 엄마 조경순씨

항상 표현이 부족하고 날카로운 못난 딸이라 미안해.
그 못난 딸이 엄마가 된 지금도 달라지는 건 없는 것 같아서
또 미안해지네.

루다가 빨리 커가는 만큼
엄마와의 시간 또한 빠르게 줄어가고 있다는 것 알면서도
나 살기 바쁘다고 엄마에게 소홀한 것 같아
미안해요. 미안한 거 알면 안 그러면 되는데 쉽지 않아.

넉넉하지 않은 형편 속에서 다양한 경험을 시켜주려
노력하던 엄마. 엄마가 저에게 그러하였듯 저도 루다에게
다양한 경험을 시켜주고
많은 세상을 보여주려 노력하고 있어요.

엄마에게 받은 사랑을 밑거름 삼아
제 딸 루다를 더 많은 사랑주며 키울게요.

나의 엄마여서 감사합니다.
루다의 할머니여서 감사합니다.

항상 고맙고 미안해요. 사랑해.

엄마에게, 민정이가

사랑하는 딸에게

이 세상 그 무엇보다 귀하고 값진 보물인 딸.
지금 너에게도 귀하고 값진 보물인 루다가 있지?
나에게도 귀한 보물은 너였단다.

누구에겐 쉽고도 빨리 만날 수 있는 보물인데,
너는 몇 번의 실패를 겪으며 때론 포기도 하고
'이번엔 반드시 주시지 않을까?' 하고 기대하며
노심초사 기다리는 많은 순간을 보냈어.
'열 달 동안 무사히'라는 열무의 태명처럼
그렇게 무사히 엄마 배 속에서 잘 지내다 만날 수 있기를
기도했었지.

믿지도 않는 모든 신들에게 기도했던 시간들.
그 절망의 끝에서 루다를 만나 넌 새로운 삶을 시작할 수 있었어.

예쁜 손녀가 태어나면서는 나 또한 루다가
아프지 않고 건강하게 자라기만을 기도하게 되더구나.

육아의 고충에 시달리면서
종종 부딪히고, 투닥거리는 너희 부부를 보며
엄마로서 때로 염려가 되기도 했단다.
사랑하는 방식이 서로 달라서 그러려니 이해를 하면서도
마음이 쓰일 때도 많았지.

육아와 일을 병행해가면서도 밤늦도록 일하는
너희 부부를 보면서
'참 열심히도 사는구나'라는 생각이 들 때가 많았다.
서로 닮은 부분이 많은 것 같다는 생각도 들었어.
그렇게 이 서방과 육아와 집안일을 함께
열심히 해나간 덕분에
루다는 한층 밝고 건강하게 자랐고,
너희도 점차 웃음이 늘게 됐지.

결혼 전 네가 성인이 되고부터 결혼하고
반찬도 만들 줄 모르고 예의 바른 행동을 갖추지 못하면
부모 또한 욕을 먹는다는 생각에
집안일을 많이도 시켰었는데.
고지식한 엄마를 알기에 너는 참 잘 부흥해줬어.

그러나 너무 똑부러진 성격의 너는
내것 네것 따지지 않는 엄마가
당신 것을 너무 양보한다고 말하기도 했어.

그런 너의 말에 서운할 때도 있었지만
나와는 다른 똑부러진 성격에
밤잠 못 자며 열심히 살아가는 너를 보면서
대견하게 생각할 때가 많단다.

귀하고 값진 보물같은 딸인데,

엄마가 너를 키우며 다정하지 못하고
애정을 주지 못해서 미안해.
마음껏 사랑을 표현하지 못한 것도.

이제 너는 보물같은 너의 딸에게
한껏 다정하고, 마음껏 사랑을 주는 엄마로 살며
네 꿈도, 소망도 함께 잘 펼쳐가기를 바란다.

그리고 너에게는 언제 어디서든 네 편이 되어주는
사랑하는 이 서방과 엄마가 있으니
지치고 힘들 땐 언제든 기대도 돼.
그러니 행복하기를 바란다.

결혼의 행복은 네가 만들어가는 것이니,
우리 감사하며 살자.
감사함이 넘치면 행복도 저절로 따라올 거야.

민정에게, 엄마가

Happy Ruda's Family

"아직은 낯설지만 그래도 괜찮아.
이제 엄마 아빠 그리고 루다까지, 우리 세 가족이 있으니까."

RUDA'S FAMILY

RUDA'S FAMILY

햇살보다 더 눈부시게 웃어줘

2023년 11월 09일 1판 1쇄 발행

글 김민정
사진 진정부부 - 김민정×이경진
발행인 유재옥

이사 조병권
출판본부장 박광운
기획 최원석
책임편집 전태영
편집1팀 박광운
편집2팀 정영길 조찬희 박치우 정지원
편집3팀 오준영 이해빈 이소의
디자인 studio fttg
라이츠 김정미 맹미영 이윤서
디지털 박상섭 김지연 윤희진
발행처 (주)소미미디어
발행등록 제2015-000008호
주소 서울시 마포구 토정로 222, 403호(신수동, 한국출판콘텐츠센터)
제작처 영신사
영업마케팅 최원석 박수진 최정연 박소연
물류 허석용 백철기
전화 편집부 070-4164-3960, 070-4253-9250 기획실 02-567-3388
판매 및 마케팅 070-8822-2301, Fax 02-322-7665

ISBN 979-11-384-8101-4 (03810)